Stefanie Schreiber

Nordfriesenbluff

Die Deutsche Nationalbibliothek verzeichnet diese Publikation in der Deutschen Nationalbibliografie; detaillierte bibliografische Daten sind im Internet über www.dnb.de abrufbar.

Text: Stefanie Schreiber
Lektorat: Margarete Götz
Korrektorat: Antje Steffen, Antjes kleine Textwerkstatt
Covergestaltung: Simone Holland, Holland Design
Umschlagfoto: Adobe Stock
Buchsatz: Jette Marthens
Fotovorlagen für Kapitelzeichnungen: Stefanie Schreiber
Illustration *Emily Anderson*: Jette Marthens

ISBN 978-3-96608-0354
Gedruckt in Deutschland

Alter Elbdeich 124
21217 Seevetal-Over
www.Nordfriesen-Krimi.de

Stefanie Schreiber

Nordfriesenbluff

4. Fall für Emily Anderson

Küstenkrimi

servitus Verlag

Ein guter Freund kennt all deine besten Geschichten.
Ein bester Freund hat sie mit dir zusammen erlebt.

Ein kleines Lexikon norddeutscher Begriffe
finden Sie am Ende des Buches.

Prolog

Warum lasse ich mich nur immer wieder breitschlagen, an diesem Zirkus teilzunehmen? Einen langweiligeren Abend als mit diesen reichen Snobs kann ich mir beim besten Willen nicht vorstellen!“ Marcel hob in einer theatralischen Geste die Arme und wandte sich an Amelie. „Muss ich wirklich hingehen? Wir könnten dieses Mal aussetzen. Da kommen so viele Leute, dein Vater wird es gar nicht merken.“

„Du weißt genau, dass er auf unsere Gesellschaft besonders viel Wert legt. Es ist ja nur einmal im Jahr“, antwortete Amelie in ihrer üblichen sanften Art.

„Ich kann dir sagen, warum du am Ende trotz deines Lamentierens immer wieder mitkommst“, antwortete Franziska für ihre Schwester. „Du bist genauso scharf auf das Vermögen unseres Vaters wie unser freizeitorientierter Bruder, der alleine nichts wirklich auf die Reihe kriegt. Krischan stellt sich allerdings wesentlich geschickter an, auch wenn er sich seit Jahren davor drückt, einen festen Job anzunehmen. Immerhin braucht Ihr ja lediglich den Abend dort verbringen, während ich seit Wochen mit der Organisation beschäftigt bin."

„Wie redest du eigentlich mit meinem Mann? Marcel arbeitet hart für sein Einkommen. Wie kannst du behaupten, er hätte es auf Papas Geld abgesehen?" Amelie wurde ausnahmsweise richtig fünsch. Wollte sie ihn lediglich verteidigen oder hatte Franziska ihren wunden Punkt erwischt?

Obwohl sie Partei für Marcel ergriff, schnitt dieser ihr das Wort ab. „Du bist doch selbst scharf auf die Kohle des Alten, liebe Schwägerin!"

„Ich weiß zwar nicht, woher du das nimmst, aber im Grunde ist es ohnehin völlig egal, weil du nichts von dem Vermögen erben wirst. Deinen Traum von einem eigenen Restaurant musst du dir auf andere Weise erfüllen – oder eben am Kochtopf stehenbleiben." Franziska wollte sich eigentlich nicht zu solch einer sinnlosen Diskussion hinreißen lassen, aber es war schwer genug, die Faulheit ihres Bruders zu ertragen. Ihren Schwager ging das Familienvermögen nun wirklich nichts an!

„Tu bloß nicht so, als würdest du in der Arbeit als Deutschlehrerin deine Erfüllung finden", meldete sich Krischan prompt zu Wort. „Ich weiß genau, dass du während deines Germanistikstudiums von einer Karriere als Literaturkritikerin oder Schriftstellerin geträumt hast. Da du in diesen Disziplinen aber kein Bein an den Boden bekommst, quälst du nun Fünftklässler mit irgendwelchen Aufsätzen, für die sich kein Schwein interessiert."

„Lass es gut sein“, versuchte sie, ihren Bruder zum Schweigen zu bringen.

„Ich denke gar nicht dran. Du hast schließlich angefangen. Ich weiß genau, warum du dich jedes Jahr darum reißt, diese Wohltätigkeitsgala zu organisieren. Genauso wie wir alle spekulierst auch du auf einen dicken Batzen von Papas Geld. Was immer du damit vorhast, vielleicht willst du ja einen Ghostwriter engagieren. Tja, ist auch egal. Vielleicht weißt du es selbst nicht. Bis es so weit ist, umgarnst du unseren alten Herrn und gibst dich mit Small Talk auf der Gala zufrieden. Vielleicht hast du es auf Anerkennung abgesehen, die du von deinen Rotznasen im Job nicht bekommst. Du brauchst also nicht so tun, als wärst du besser als wir. Wir durchschauen dich!“

„Leute! Hört auf! Immerhin sind wir eine Familie“, bemühte sich Amelie zu schlichten.

„Amelie. Wir vier sind keine Familie“, schlug sich Krischan überraschenderweise auf Franziskas Seite, obwohl er sie eben noch runtergeputzt hatte. Er war wirklich unberechenbar. „Kumpel, du kommst nur an das Geld unseres Vaters, wenn unsere kleine Schwester dir etwas von ihrem Erbe abgibt.“

„Was soll eigentlich das Gerede um eine mögliche Erbschaft? Ihr tut ja gerade so, als ob Papa im Sterben liegt. Als ich ihn letzte Woche traf, war er äußerst vital und immerhin ist er gerade erst Mitte sechzig. Und eins sage ich euch: Wenn Ihr so weitermacht, werden wir keinen Cent sehen, wenn er mal das Zeitliche segnet. Dann wird er alles für wohltätige Zwecke spenden. Ihr wisst ja, wie wichtig ihm das ist. Lasst uns endlich das Thema wechseln. Wir gehen wie jedes Jahr zu dieser Gala. Wo findet sie diesmal statt, Franziska?“

Franziska in Husum

Samstag, den 25. Mai

Zum x-ten Mal drehte Franziska Hofstetter die abschließende Runde durch den festlich geschmückten Saal des *Genießerhotels im Alten Gymnasium* von Husum, jedes Mal mit dem Gefühl, etwas übersehen zu haben. Alles sollte perfekt für die hundertzwanzig geladenen Gäste sein, da hatte sich ihr Vater klar ausgedrückt – als ob sie es nicht selbst wüsste.

Wie viele dieser Wohltätigkeitsgalas hatte sie nun schon auf Wunsch des Familienoberhauptes vorbereitet? Längst hatte sie aufgehört zu zählen. Und längst hatte sie aufgehört, sich dagegen zu wehren. Obwohl sie bereits fünfunddreißig Jahre alt war, konnte sie sich nicht gegen ihren Vater durchsetzen. Benefiz war sein absolutes Steckenpferd und er erwartete von seinen erwachsenen Kindern das gleiche Engagement, das er selbst seit Jahren an den Tag legte. Als Älteste von drei Geschwistern und mit einem ausgeprägten Organisationstalent gesegnet, war ihr diese Aufgabe zugefallen – egal, wie voll ihr Terminkalender und wie eng ihr Zeitplan war.

Dass sie als Lehrerin überhaupt unter Termindruck stand, nahm er ihr ohnehin nicht ab. Ihr Vater machte keinen Hehl aus seiner Enttäuschung über ihre Berufswahl. Eine Tatsache, die sie immerhin mit ihren beiden Geschwistern verband, auch wenn sie sonst nicht viel gemeinsam hatten. Bei jedem Pflichttreffen kam es grundsätzlich zu Diskussionen, die oft im Streit endeten, wobei sich Amelie jedes Mal um Schlichtung bemühte.

So wie auf dem Geburtstag ihrer Mutter, der erst vier Wochen zurücklag. Ärger stieg in Franziska auf, als sie an den Wortwechsel dachte. Doch dafür war jetzt nicht der richtige Zeitpunkt. In Kürze würden die Gäste eintreffen, da blieb kein Raum für schlechte Stimmung. Auch dazu hatte ihr Vater seine klaren Vorstellungen kommuniziert, wie immer.

Seit ihrer Kindheit drohte Franziska unter seinen Maximen zu ersticken. Vielleicht war das der Grund für ihre Weigerung, Betriebswirtschaft oder Jura zu studieren. Natürlich kreisten ihre Gedanken an diesem Abend um die Ideale ihres Vaters.

Wer gut verdiente, sollte mit denen teilen, die vom Schicksal benachteiligt waren. So lautete das Lebensmotto von Maximilian Hofstetter, der sich mit eigener Kraft aus den einfachsten Verhältnissen herausgekämpft und über sein Unternehmen einen ansehnlichen Wohlstand erarbeitet hatte. Diesen außerordentlichen Einsatz erwartete er genauso von seiner Familie.

Bei seiner Frau Anna schien er nachsichtiger zu sein. Ihr galt seine ungeteilte Anerkennung, dass sie ihm über Jahrzehnte treu ergeben den Rücken freigehalten hatte. Seine Wertschätzung gegenüber ihrer Leistung, den großen Haushalt zu führen und drei Kinder zu erziehen, sprach immerhin für ihn.

Umso mehr hatte Maximilian Hofstetter schon immer von seinem Sohn und seinen beiden Töchtern verlangt. Engagement in der Schule, im Studium und nebenbei bei zahlreichen Jobs, die seinen Nachwuchs erst richtig auf das Leben vorbereiteten. Niemals wäre es ihm in den Sinn gekommen, sie komplett zu finanzieren, damit sie sich voll aufs Lernen konzentrieren konnten. Lieber spendete er das Geld an unterprivilegierte Kinder, um denen überhaupt eine Chance auf Bildung und ein selbstbestimmtes Leben zu ermöglichen.

Seit sie erwachsen war, konnte sie diese Maxime besser nachvollziehen. Trotzdem hatte Franziska ihren Vater für seine Strenge oft genug verflucht, wenn sie mitten in der Nacht mit schmerzenden Füßen von einem miesen Job in der Gastro nach Hause gekommen war, um am nächsten Morgen erschöpft und müde in einer Vorlesung zu sitzen. Bestimmt hätte sie ihr Germanistikstudium ohne diese doppelte Belastung schneller absolviert. Und genauso sicher war sie, dass ihr Vater sich locker beides hätte leisten können: Wohltätigkeit und Unterstützung seiner eigenen Kinder für einen etwas leichteren Start ins Leben.

Vielleicht wären sie sogar den Berufswünschen ihres Vaters gefolgt, aber so hatten alle ihren eigenen Weg eingeschlagen. Amelie und sie selbst standen immerhin auf eigenen Beinen, Krischan schlug sich mit irgendwelchen Jobs durch, arbeitete dabei nur so viel, wie irgendwie nötig. Franziska vermutete, dass ihre Mutter ihm Geld zusteckte, dafür gab es allerdings keine Belege.

Sie schüttelte die müßigen Gedanken ab und konzentrierte sich auf die Aufgabe, die heute im Vordergrund stand, damit ihr Vater genauso zufrieden wie die illustren Gäste war. Spenden zu sammeln war sicherlich eine wichtige Aufgabe, aber am liebsten hätte sie den Saal zu Beginn der Veranstaltung verlassen. Small Talk gehörte nicht zu ihren Stärken. Die Oberflächlichkeit der Gespräche und leider zugleich auch der Menschen, die sie erwarteten, zerrte an ihren Nerven. Nach der sorgfältigen Vorbereitung hätte sie den Rest gerne ihrer Schwester überlassen, aber das kam für Maximilian Hofstetter nicht infrage.

Auch wenn sie einen anderen Weg eingeschlagen hatte, war er immerhin zufrieden, dass sie ihr Studium mit guten Noten absolviert hatte und sich nun um die Bildung von Kindern kümmerte. An so einem Abend wollte er sie unbedingt um sich haben – natürlich auch, um sich um nichts kümmern zu müssen, was ohnehin die Mitarbeiter des Restaurants übernahmen.

Zur Schau stellen, ging ihr unzufrieden durch den Kopf, weil er ihr das Gefühl gab, dass es um die Außenwirkung ihrer Erscheinung ging.

Nun reiß dich zusammen, schalt sie sich selbst wegen ihrer erneut abschweifenden Überlegungen. Kein Selbstmitleid! Bring den Abend mit Würde hinter dich. Lächle und tu so, als würdest du dich amüsieren, forderte sie sich selbst auf. Vielleicht kamen ja ein paar interessante Persönlichkeiten, die ihr die Langeweile des Abends vertrieben.

Wie zum Beispiel das Schriftstellerehepaar Emilia und Piet Anderson. Sie liebte deren klug gesponnenen Kriminalromane, die grundsätzlich mit einer Prise Humor gewürzt waren und in denen auf blutige Details verzichtet wurde. Die Einladung neulich nach der Lesung hatte Franziska ganz spontan ausgesprochen. Obwohl sie es selbst ein wenig peinlich fand, einen so direkten Spendenaufruf auszusprechen, war ihr die Autorin absolut warmherzig begegnet und schien sich sogar zu freuen. Nun war sie gespannt, ob es nur so dahingesagt gewesen war oder die beiden tatsächlich kommen würden.

Tatsächlich trafen die ersten Gäste gerade ein. Franziska versuchte sich zu entspannen. Sie war bestimmt schon zehn Mal durch den Saal gekreist, um alles zu überprüfen. Das sollte wirklich genügen. Außerdem erwartete niemand die Perfektion, die ihrem Vater so wichtig war. Also setzte Franziska ihr einstudiertes Lächeln auf und schritt in Richtung geöffneter Flügeltür, um die Eintreffenden zu begrüßen.

Alle geladenen Gäste hatten sich in Schale geworfen, die meisten Frauen waren mit protzigem Schmuck behängt, was in Franziskas Augen dem Anlass nicht angemessen war. Statt auf diese Weise ihren Wohlstand zur Schau zu tragen, sollten sie lieber dicke Schecks ausstellen. Ein Lächeln huschte über ihr Gesicht. Sie hörte sich schon an wie Maximilian Hofstetter persönlich. Ihr Vater schien seiner Vergangenheit nicht entfliehen zu können und hatte seinen Kindern seine Einstellung oft genug eingebläut. Manchmal empfand sie beinahe genauso.

Geld allein machte einfach nicht glücklich, deshalb hatte sie sich für dieses Studium entschieden, wobei sie Krischan insgeheim recht geben musste. Damals hatte sie von einer Karriere als Schriftstellerin oder Literaturkritikerin geträumt. Von Anerkennung in einem künstlerischen Beruf. Auch ihrem Vater hatte sie beweisen wollen, dass sie das Zeug dazu hatte. Doch dieser Traum war wie eine Seifenblase zerplatzt. Voller Scham dachte sie an die zahllosen Absagen, die ihren Bewerbungen bei unterschiedlich großen Verlagen gefolgt waren.

Ging es diesen Frauen ebenfalls so? Franziska wagte es zu bezweifeln!

Am liebsten hätte sie sich kurz vor dem Dinner auf das vorbereitete Podium gestellt und einen Spendenaufruf der besonderen Art gestartet: Wer von den anwesenden Frauen war bereit, den gesamten heute getragenen Schmuck für die gute Sache herzugeben? Natürlich dürfen Sie Ihren Ehering behalten, fügte sie in Gedanken scherzhaft hinzu.

Nach dem ersten Schock über die provozierende Forderung wäre ihr Vater bestimmt stolz und glücklich über so eine Aktion. Und was würde dadurch an Werten zusammenkommen? Franziska vermochte keine Schätzung abzugeben. Sie selbst trug lediglich ein schmales Silberkettchen mit einem Kreuz, das sie von ihrer Großmutter zum bestandenen Abitur geschenkt bekommen hatte und niemals ablegte.

Sollte sie es wagen? Im schlimmsten Fall war es die letzte Wohltätigkeitsgala, die sie organisieren durfte. Zwei Fliegen mit einer Klappe.

Obwohl Franziska nicht sagen konnte, ob sie dafür wirklich den Mut aufbrachte, kam sie nicht umhin, die Klunker jeder eintretenden Frau zu fixieren. Auf jeden Fall war sie über die Idee dermaßen begeistert, dass es ihr nun leichtfiel, alle freudig zu begrüßen - ein Prozedere, das Maximilian Hofstetter seiner Tochter ebenfalls gerne überließ. Er selbst wollte den großen Auftritt, wenn alle Gäste bereits in dem festlich geschmückten Saal versammelt waren und wie in jedem Jahr mit Spannung auf sein Erscheinen und seine Rede warteten.

Emilia in Husum

Samstag, den 25. Mai

Wow! Das macht aber was her!", rief Emilia begeistert aus, als Piet in seinem Smoking die Treppe herunterkam. „Der passt immer noch wie angegossen. Wir sollten uns öfter mal in Schale schmeißen und zu so einer besonderen Veranstaltung gehen."

Statt sich über das Kompliment zu freuen, verzog ihr Mann das Gesicht. „Er passt nicht mehr so gut, wie es aussieht. Genau genommen kneift der Hosenbund. Außerdem komme ich mir total verkleidet vor. Müssen wir wirklich auf diese Wohltätigkeitsgala? Wir treffen da bestimmt haufenweise Geldsäcke, mit denen wir kaum gemeinsame Gesprächsthemen finden.“

Emilia unterdrückte ein Schmunzeln, um ihn nicht zu provozieren. Immer wenn er sich dermaßen drastisch ausdrückte, war Vorsicht geboten. Sie wollte nicht kurz vor ihrer Abfahrt einen seltenen Streit vom Zaun brechen. „Auf solchen Veranstaltungen gibt es ohnehin nur Small Talk. Als Schriftsteller sind wir wortgewandt genug, um ein wenig unverfänglich zu plaudern. Es geht ja schließlich um den guten Zweck und nebenbei können wir vielleicht ein bisschen Werbung für unsere Kriminalromane machen.“

„Ernsthaft? Deshalb willst du mich dahinschleppen? Da fallen mir spontan mindestens hundert andere Möglichkeiten ein, die mir wesentlich besser liegen und mehr Spaß machen. Und unsere Spende können wir genauso gut überweisen. An wen gehen die Einnahmen überhaupt?“, fragte Piet ein wenig listig. Möglicherweise hoffte er, dass sie ihm die Antwort schuldig bleiben musste.

Dieses Mal grinste Emilia ihrem unzufriedenen Gatten offen ins Gesicht. „So einfach kriegst du mich nicht! Die Spenden gehen an ein Kinderhospiz.“

„Die haben bestimmt ein Spendenkonto“, murmelte Piet.

An seinem Tonfall erkannte sie jedoch seinen abnehmenden Widerstand. „Ich habe unser Kommen fest zugesagt“, setzte sie ein weiteres Argument drauf.

„Ach, keiner wird merken, wenn wir wegbleiben. Vielleicht hat deine Leserin es bereits vergessen“, startete er einen letzten Versuch.

„Piet! Es handelt sich um eine imposante Location und kulinarisch werden wir bestimmt ebenfalls nichts auszustehen haben. Lass uns mal wieder unter Leute gehen. Ewig hocken wie hier in unserem Haus und tauchen in unsere fiktiven Geschichten ab. Das Leben hat mehr zu bieten!"

„Ich könnte dich stattdessen zum Essen ausführen. Nur wir beide bei einem Candlelight-Dinner - wie in alten Zeiten."

„Ein anderes Mal. Franziska Hofstetter rechnet fest mit uns. Wir haben uns nach meiner Lesung sehr angeregt über das soziale Engagement ihres Vaters unterhalten. Dabei hat sie ihre Freude bekundet, ihm heute eine prominente Persönlichkeit präsentieren zu können."

„Oha, da hast du dich aber schön einwickeln lassen – prominente Persönlichkeit!"

„Immerhin haben wir uns einen gewissen Bekanntheitsgrad erarbeitet."

„Also gut, ich bin dabei, aber gib mir zehn Minuten. Ich ziehe mir eben den hellen Anzug an, den wir letztes Jahr in Hamburg gekauft haben. Darin fühle ich mich wohler – und er passt viel besser zur Jahreszeit."

Emilia lächelte nachsichtig. Der helle Anzug stand Piet ebenfalls ganz ausgezeichnet. Sie freute sich, dass die Diskussion damit beendet war und sie ihre Zusage einhalten konnte. Darüber hinaus war sie gespannt auf die Familie. Wann traf man schon mal auf einflussreiche Unternehmer?

„Franziska, wie schön Sie wiederzusehen", rief Emilia begeistert aus. Wie angenehm es war, gleich an der Tür zum Saal von ihrer Gastgeberin in Empfang genommen zu werden.

„Emilia Anderson! Sie haben Ihr Versprechen gehalten und sind wirklich gekommen, darüber freue ich mich sehr!"

Franziska schien sie mit einem verstohlenen Blick zu mustern, was sowohl ihre Kleidung als auch ihren Schmuck betraf. Emilia hatte sich für die dezenten Perlen entschieden; ein Hochzeitsgeschenk von Piet, das sie in Ehren hielt. Eine halblange Kette und Stecker für die Ohren, die perfekt zu dem schwarzen Kleid und ihren naturroten Haaren passten, auf die sie besonders stolz war. Emilia war kein zurückhaltender Mensch, aber ihr Kleidungsstil war eher bescheiden und alltagstauglich.

Ganz offensichtlich entsprach das Auftreten des Paares Franziskas Erwartung.

„Darf ich Ihnen meinen Mann Piet vorstellen?“, unterbrach Emilia ihre Musterung. „Die Lesungen überlässt er in der Regel mir. Im Rampenlicht zu stehen, liegt ihm nicht besonders. Deshalb war er neulich nicht dabei.“

Franziska reichte ihm die Hand. „Freut mich sehr, nun auch das Y Ihrer gemeinsamen Autorenmarke kennenzulernen. Eine wirklich originelle Idee, diese Namenswahl.“

„Schön, dass Ihnen das aufgefallen ist“, freute sich Emilia über die Anerkennung, wechselte aber trotzdem das Thema: „Das ist wirklich ein wunderschöner Festsaal. Die freigelegten Deckenbalken sind eine echte Augenweide. So gediegen hatte ich es mir gar nicht vorgestellt“, geriet sie ins Schwärmen.

„Ja, es ist einfach großartig!“, strahlte Franziska, als ob sie die Architektin dieser besonderen Immobilie wäre. „Lassen Sie sich ein Glas Champagner geben und schauen Sie sich in Ruhe um. Mein Vater liebt große Auftritte. Normalerweise erscheint er erst, wenn alle geladenen Gäste bereits anwesend sind.“ Sie warf einen Blick auf ihre Armbanduhr. „Es wird bestimmt noch ungefähr zwanzig Minuten dauern. Der Abend beginnt mit seiner Begrüßungsrede, im Anschluss gibt es ein Drei-Gänge-Menü.“

„Ein großer Aufwand für eine Spendengala“, zeigte sich Piet beeindruckt.

„Ja, mein Vater versteht etwas davon, den Menschen das Geld aus der Tasche zu ziehen - und das gilt nicht nur für den guten Zweck“, fügte sie mit einem Augenzwinkern hinzu.

Eine Bemerkung, die Emilia stutzen ließ. Ihr lag eine Erwiderung auf der Zunge, aber sie schluckte sie herunter.

„Ah, das klang jetzt ein wenig unprofessionell. Bitte verstehen Sie es nicht falsch. Diese Gala ist das Jahreshighlight seiner Bemühungen, möglichst viel für kranke und sozial schwache Kinder einzusammeln. Er geht davon aus, dass eine festliche Atmosphäre und ein gut gefüllter Magen die Spendenbereitschaft der Anwesenden erhöhen. Und der Erfolg gibt ihm recht.“

Die Erklärung wirkte einstudiert. Franziska lächelte, aber unterschwellig klang Unzufriedenheit durch, oder bildete Emilia sich das lediglich ein, weil sie auf das Erkennen von Konflikten programmiert war? An diesem Abend wollte sie sich jedoch einfach amüsieren, also schüttelte sie das Gefühl ab.

„Bitte entschuldigen Sie mich für den Moment. Es gehört zu meinen Pflichten, die eintreffenden Gäste zu empfangen. Ich habe Sie an meinem Tisch platziert, damit wir uns beim Essen unterhalten können, wenn Sie mögen. Ich würde dabei gerne mehr über Ihre Karriere erfahren“, strahlte Franziska sie nun offen an. „Es ist die Nummer dreizehn – dort vor der Bühne.“

„Sehr gerne“, erwiderte Emilia. Aus den Augenwinkeln bemerkte sie, wie Piet schmunzelte.

„Komm, meine Liebe. Nutzen wir die Zeit bis zur Begrüßungsrede, um uns ein wenig umzuschauen.“ Er hakte sie unter und zog sie in den Saal. „Siehst du, was ich meine?“, raunte er ihr kurz darauf ins Ohr. „Die gehören alle zu den oberen Zehntausend von Schleswig-Holstein und Hamburg. Fühlst du dich hier nicht ein wenig fehl am Platz?“

„Ach was.“ Emilia unterstrich ihre Aussage mit einer wegwerfenden Handbewegung. „Vielleicht haben wir mit deren Lebensstil nicht viel gemeinsam, aber das macht mir überhaupt nichts aus. Ist doch interessant, hier ein paar Studien zu betreiben. Wenn du dich nicht amüsieren kannst, sieh es einfach als wunderbare Gelegenheit für eine Recherche in einem Milieu, in das wir sonst keinen Zugang haben.“

„Das ist mal wieder typisch“, gab Piet lachend nach. „Du kannst wirklich jeder Situation etwas Positives abgewinnen.“

„Und dafür liebst du mich umso mehr“, erklärte Emilia im Brustton der Überzeugung. „Stell dir vor, ich wäre ein altes griesgrämiges Weib, das dir jeden Tag mit ihrer schlechten Laune vergällen würde.“

„Dann hätte ich mich wohl bereits scheiden lassen.“

„Genau, aber du bist nicht gern allein“, ließ sich Emilia weiter auf das Geplänkel ein.

„Also gut, überredet. Lass uns durch den Saal stromern und die Gäste beobachten.“

„Ja, und schau dir diese Tische an! Wie die eingedeckt sind! Also schöner hätten wir es bei unserem Candle-Light-Dinner kaum haben können.“

„Das sei mal dahingestellt. Dabei ging es mir mehr um Zweisamkeit als um edle Servietten und zahllose Bestecke“, erwiderte Piet. Der lockere Wortwechsel schien ihm Freude zu bereiten.

„Zweisamkeit haben wir fast jeden Tag“, widersprach Emilia gut gelaunt. „Also, das hier ist wirklich mal was

Besonderes. Das lasse ich mir nicht vermiesen. Und die Romantik holen wir in Kürze nach – versprochen!“

„Es liegt gar nicht in meiner Absicht, dir irgendetwas zu vermiesen“, gab Piet zurück. „Und ich stimme dir zu: Dieser Raum ist wunderschön und wirklich festlich gestaltet. Guck dir die üppigen Blumengestecke an. Da wurden weder Kosten noch Mühen gescheut. Vielleicht darfst du zum Ende der Veranstaltung eins davon mitnehmen. Wäre doch wirklich Verschwendung, wenn die alle im Müll landen.“

Emilia warf Piet einen prüfenden Blick zu. Veräppelte er sie oder meinte er es ernst? Bevor sie dazu eine Entscheidung treffen konnte, wurde sie von einem erfreuten Ausruf aus ihren Gedanken gerissen:

„Emily Anderson? Täusche ich mich etwa oder sind Sie es wirklich? Das ist ja eine Überraschung. Ich kann mich nicht erinnern, Sie schon einmal auf einem von Maximilians Festen getroffen zu haben!“ Ein attraktiver Endfünfziger mit grau melierten Schläfen streckte seine Hand aus und musterte Emilia voller Begeisterung.

Piet stand wie üblich etwas in ihrem Schatten. Da er diese Rolle jedoch selbst gewählt hatte, machte es ihm nichts aus. Er freute sich im Gegenteil für Emilia, die so offen gezeigte Anerkennung stets genoss.

„Ja, wir sind es“, bestätigte sie im gleichen Moment. „Kennen Sie meinen Mann Piet? Er ist genauso Teil unserer Autorenmarke.“

Der Mann bedachte Piet mit einem kurzen Nicken, konzentrierte sich jedoch wieder auf Emilia. „Wie hat Max es geschafft, Sie zu dieser Gala zu überreden?“, fragte er. Die Aufregung ließ seine Stimme vibrieren.

„Oh, Herrn Hofstetter haben wir noch gar nicht kennengelernt. Seine Tochter Franziska hat vor ein paar Wochen eine meiner Lesungen besucht und uns eingeladen. Also sind wir gekommen und sehr beeindruckt von dieser Location."

„Ja, es ist jedes Jahr ein besonderes Ereignis - was nicht zuletzt für diese illustre Gesellschaft gilt", erklärte er mit einem Augenzwinkern.

Erst bei dieser Bemerkung wurde Emilia bewusst, dass ihr Gegenüber sich bisher nicht vorgestellt hatte. Ähnlich wie Piet trug er einen hochwertigen, aber saloppen Anzug. Er wirkte kultiviert und wohlhabend, allerdings schien er nicht zu dem Geldadel zu gehören.

Als er ihren kritischen Blick bemerkte, ließ er ein sonores Lachen hören. „Geschieht mir recht, dass Sie mich so prüfend betrachten, natürlich wissen Sie nicht, mit wem Sie es zu tun haben. Bitte entschuldigen Sie diese Nachlässigkeit. Ich bin Max´ Hausarzt: Dr. Roland Schneider." Er deutete eine Verbeugung an. „Aber wieder zu Ihnen. Ich bin ein großer Fan Ihrer Romane und würde mich freuen, wenn Sie ein wenig aus dem Nähkästchen plaudern."

„Es freut mich außerordentlich, Sie kennenzulernen!" Emilia spürte die Hitze auf ihren Wangen, wahrscheinlich glühte sie wie ein Feuermelder. Trotzdem freute sie sich. Solche Begegnungen waren das Salz in der Suppe und eine willkommene Abwechslung zu den einsamen Stunden am PC, wenn ein neuer Roman entstand.

„Die Freude ist ganz auf meiner Seite", gab Dr. Schneider galant zurück. Einen Moment sah es so aus, als wollte er nach Emilias Hand greifen und ihr einen Kuss darauf drücken, aber mit einem Seitenblick auf Piet hielt er sich zurück. „Wissen Sie bereits, an welchem Tisch Sie sitzen?"

„Ja, Franziska hat uns direkt vor der Bühne platziert, Nummer dreizehn."

„Das klingt wunderbar. Dann können wir uns während des Essens weiter unterhalten. Kommen Sie“, fügte er hinzu. „Max wird bestimmt gleich eintreffen. Er ist ein großartiger Redner und wird Sie dazu bringen, einen fetten Scheck für die kranken Kinder auszustellen, ob Sie wollen oder nicht.“

„Auch deswegen sind wir gekommen“, bestätigte Emilia. Der nahm ja wirklich kein Blatt vor den Mund. Vielleicht wurde es doch ein unterhaltsamer Abend.

Gemeinsam schlenderten sie zu dem Tisch und nahmen ihre Plätze ein.

Maximilian in Husum

Samstag, den 25. Mai

Maximilian Hofstetter stand hinter der Bühne und atmete tief durch. Obwohl er in seinem Leben bereits unzählige Reden gehalten hatte, blieb ihm nach wie vor bei solchen Gelegenheiten vor lauter Nervosität fast die Luft weg. Sein Mund war trocken, die Hände feucht.

Unausgeglichen dachte er voller Selbstironie. Bestimmt vermutete niemand im Saal, dass er sich gerade mit derartigen Unpässlichkeiten herumschlug. Wie auch? Die Einzige, bei der der gestandene Unternehmer mal eine Schwäche zeigte, war seine Frau Anna, die ihm bis eben Gesellschaft geleistet hatte und sich nun zu den Gästen gesellte.

Die letzten Minuten vor so einem Auftritt verbrachte Max gerne allein. In dem Bewusstsein, dass sie alle seiner Einladung gefolgt waren, bereit seine Projekte zu unterstützen, setzte er sich in eine stille Ecke, schloss die Augen und atmete tief und gleichmäßig, um sein pochendes Herz zur Ruhe zu bringen. Dabei steckte er sich kleine Kopfhörer in die Ohren und hörte den einsamen Hirten von Gheorghe Zamfir. Panflöte. Dieses Musikstück war seine persönliche Meditation und eine lieb gewordene Routine. Sein ganz eigener Moment, in dem er nie gestört wurde. Seine Familie wusste und respektierte, dass er diese Minuten für sich brauchte, um anschließend vor seinem Publikum als weltmännischer Unternehmer und Gönner zu glänzen.

An seinen wohltätigen Projekten lag Max wirklich viel. Manch einer, der sich nicht mit seiner Biografie beschäftigt hatte, mochte dieses Engagement für reine PR halten. Tue Gutes und rede darüber, aber so war es nicht.

Maximilian Hofstetter stammte aus einfachsten Verhältnissen; wusste genau, was es bedeutete, arm und hungrig zu sein und kaum eine Chance auf anständige Bildung zu haben. Dabei hatte er nie sein großes Glück vergessen, auf ein paar Menschen zu treffen, die es gut mit ihm meinten. Die seine Intelligenz bemerkten und ihn förderten. Ein Lehrer in der Grundschule. Ein Klassenkamerad und dessen Eltern auf der Realschule. Studiert hatte Max nicht, aber zu seiner Zeit konnte man sich nach einer Lehre mit viel Fleiß hocharbeiten, wenn man sich für Überstunden nicht zu schade war.

Er hatte alle Chancen genutzt, die sich ihm boten und es schließlich geschafft, Wohlstand und Ansehen zu erreichen. Auf ihn schaute niemand mehr herab, weder mitleidig noch voller Überheblichkeit. Trotz seiner Großzügigkeit hatte er im Laufe der Jahre ein ansehnliches Vermögen zusammengetragen, richtig glücklich hatte es ihn allerdings nie gemacht. Das war in den ersten Jahren eine große Überraschung gewesen – und gleichermaßen eine Enttäuschung.

Als die letzten Töne verklangen, fühlte Max sich nicht bereit. Ein kurzer Blick auf die Uhr zeigte ihm, dass er sich einen zweiten Durchlauf der knapp vier Minuten gönnen konnte. Niemand würde den Saal verlassen, ohne seinen Auftritt zu erleben. Und schon gar nicht mit leerem Magen, fügte er in Gedanken lächelnd hinzu.

In Anna hatte er eine loyale Begleiterin gefunden, die ihm all die Jahre den Rücken freihielt und sich nur selten über sein Arbeitspensum beklagte. Er hatte stets den Eindruck gehabt, in dieser Ehe glücklich zu sein, wusste allerdings nicht genau, ob sie das genauso empfand. Seit die Kinder geboren wurden, gab es Wichtigeres als Romantik und große Gefühle.

Von seinen Kindern Franziska, Krischan und Amelie war er im Grunde seines Herzens enttäuscht. In seinen Augen hatten sie die ihnen gebotenen Chancen viel zu wenig genutzt. Oder war er immer zu streng gewesen?

Er schob die müßigen Gedanken beiseite und konzentrierte sich auf die Musik. Das war ein unangenehmer Nebeneffekt bei dieser Maßnahme zur Beruhigung seiner Nerven. Seine Gedanken verließen automatisch die geschäftlichen Belange und wanderten zu seiner Familie. Da konnte er nichts gegen machen.

Als zum zweiten Mal der letzte Ton verklang, atmete er tief durch. Im Anschluss öffnete er seine Augen und zog die Stöpsel aus den Ohren. Jetzt war er bereit für den großen Abend. Er selbst wollte mit dem guten Beispiel einer großzügigen Spende vorangehen und hoffte, dass die geladenen Gäste es ihm gleichtun würden. Leisten konnten sie es sich allemal!

Franziska in Husum

Samstag, den 25. Mai

Franziska schaute mit steigender Nervosität von ihrer Armbanduhr zur Bühne. Ihr Vater verspätete sich; etwas, das sonst nie vorkam. Bisher handelte es sich lediglich um ein paar Minuten und keiner der Anwesenden schien es zu bemerken. Alle hatten mittlerweile ihre Plätze eingenommen, prosteten sich mit Champagner zu und führten angeregte Gespräche. Viele von ihnen waren jedes Jahr dabei. Man kannte sich und freute sich über das Wiedersehen. Sicherlich waren sie außerdem in froher Erwartung auf eine fulminante Rede.

Max war dafür berühmt. Meist schoss er ein Feuerwerk ab, das alle dazu brachte, ihre Brieftaschen weit zu öffnen. Er appellierte dabei nicht nur an ihre Emotionen, sondern stellte in knappen, aber prägnanten, Worten seine erfolgreichen Projekte vor, die er meist über Jahre begleitete. Einen hohen Stellenwert bekamen dabei die Erfolgsgeschichten einzelner Kinder, aus denen mittlerweile junge Erwachsene geworden waren. Auch wenn der Erlös dieser Gala einem Kinderhospiz zugutekam, wurde ihr Vater nicht müde, diese Geschichten zu erzählen. Manchmal hatte sie das Gefühl, in deren Schatten zu stehen; egal, wie sehr sie sich um seine Anerkennung bemühte.

Trotzdem stieg ihre Unruhe mit jeder weiteren Minute. Für seinen Auftritt hatte sie sich in diesem Jahr etwas ganz Besonderes ausgedacht. Nun befürchtete sie, dass der Techniker das Timing verpatzte und ihre sorgfältige Vorbereitung damit zunichtemachen könnte. Hoffentlich hielt er sich genau an die Absprache, sonst würde er den großen Auftritt von Maximilian Hofstetter beeinträchtigen, statt ihn zu unterstreichen.

Noch einmal ließ sie ihren Blick über die Bühne schweifen. In der Mitte befand sich ein schlichtes Stehpult. Die Leselampe war bereits eingeschaltet, das Mikro hatte sie zusammen mit dem Techniker überprüft. Außerdem stand die Wasserflasche bereit, ohne die ihr Vater vermutlich kaum einen Ton herausbringen würde. Sie war ungeöffnet, so wie er es verlangte, daneben stand ein schlichtes Glas.

Endlich registrierte sie eine Bewegung an der Tür hinter der Bühne. Kurz darauf betrat er mit sicherem Schritt das Podium. Niemand hätte aufgrund seines Auftritts vermutet, mit welchem Lampenfieber er jedes Mal kämpfte. Lediglich die Familie und sein Hausarzt waren in dieses kleine Geheimnis eingeweiht. Und natürlich hatten sie ihm fest versprechen, ja geradezu schwören müssen, es für sich zu behalten. Ein Mann wie Maximilian Hofstetter zeigte in der Öffentlichkeit keine Schwäche. Das passte nicht zu seinem Image.

Franziskas Blick wanderte zur rechten Seite der Bühne, wo der Techniker im Dunkeln saß und nur zu erahnen war. Noch zwei Schritte, dann sollte er den Überraschungseffekt auslösen. Am liebsten hätte sie es selbst übernommen, damit auch wirklich nichts schiefging. Das war für den Mann allerdings keine Option gewesen.

Jetzt! Erleichtert sah sie, dass er es im Griff hatte. Langsam begann ein Regen aus Geldscheinen auf die Bühne zu rieseln. Natürlich handelte es sich lediglich um Attrappen, aber der Effekt war der Gleiche. Ein Raunen ging durch die Menge, vereinzelt hörte sie entzückte und erstaunte Ah- und Oh-Laute, die ihr ein befriedigtes Lächeln auf die Lippen zauberten.

Wie meistens hatte sich ihr Vater spontan von der Idee alles andere als begeistert gezeigt. Ihre Assoziation für das Schauspiel war das Motto *Geld fällt vom Himmel*. Dahinter stand die Vorstellung, dass die Spendenden diesen Regen erzeugten, der auf die zu unterstützenden Kinder herabfiel. Mit einer entsprechenden Summe konnten sie den Kindern im Hospiz ihre letzten Lebenswochen oder Monate verschönern oder zumindest erleichtern.

Anfangs war Max allerdings komplett dagegen gewesen. Nach seiner Meinung konnte es derart interpretiert werden, dass niemand sich anstrengen musste, weil einem das Geld einfach vom Himmel in den Schoß fiel. Auch wenn er nicht aussprach, kam es Franziska wie ein stummer Vorwurf vor, so als hätten Krischan, Amelie und sie selbst es zeit ihres Lebens erwartet, von ihrem wohlhabenden Vater finanziert zu werden. Diese Diskussion wurde innerhalb der Familie in regelmäßigen Abständen geführt, obwohl es eigentlich - wenn überhaupt - lediglich ihrem Bruder vorzuwerfen war.

Aber darüber wollte sie nicht schon wieder nachdenken. Denn ganz offensichtlich kam ihre Idee bei den Gästen an. Langsam segelten unendlich viele Papierschnipsel in Geldform von der Decke auf die Bühne herab. Das Publikum applaudierte, einige waren aufgestanden, um einen besseren Blick auf das Spektakel zu erhaschen.

Max hatte mittlerweile das Stehpult erreicht. Die Freude über die gelungene Aktion war ihm anzusehen. Wie üblich genoss er den Zuspruch der Menge. Langsam öffnete er das bereitgestellte Wasser, füllte das Glas und nahm einen kleinen Schluck, bevor er es an seinen Platz zurückstellte. Als der Geldregen schließlich verebbte, hob er seine Hände, um sich Gehör zu verschaffen. Er wirkte beinahe ein wenig verlegen, aber Franziska wusste nur zu genau, dass dieser Eindruck täuschte.

Als es schließlich ruhiger im Saal wurde, trat er ein wenig näher an das Mikrofon und räusperte sich.

„Meine lieben Freunde“, begann er jovial. „Ich freue mich, dass Ihr auch in diesem Jahr meiner Einladung an diesen wundervollen Ort gefolgt seid, um im Namen der Großzügigkeit einen anregenden Abend zu verbringen.“ Kaum einer schien zu merken, wie belegt seine Stimme klang. Max beäugte das Wasserglas, wollte danach greifen, zögerte aber. Schließlich nahm er wieder nur einen kleinen Schluck und konzentrierte sich auf seinen Vortrag.

„Wie Ihr es bereits von mir kennt, möchte ich euch für die kontinuierliche Unterstützung meiner sozialen Arbeit danken. Dafür habe ich nicht nur ein paar Bilder, sondern auch ein paar Erfolgsgeschichten unserer Schützlinge mitgebracht.“ Auf sein Zeichen wurde der rechte Teil der

Bühne weiter verdunkelt. Der Techniker projizierte das erste Bild an die Wand.

Wer nun befürchtete, einen langweiligen Diavortrag zu hören, war im Irrtum. Max Hofstetter verstand es, sein Publikum zu unterhalten. Mit fortschreitender Zeit fiel die Unsicherheit komplett von ihm ab. Er griff zum Glas Wasser und trank einen großen Schluck. Alles wirkte normal und wie gewohnt.

Franziska entspannte sich. Da sie das Fest organisiert hatte, fühlte sie sich für das Gelingen verantwortlich, auch wenn sie auf die Rede ihres Vaters keinen Einfluss hatte. Sie ließ ihren Blick durch den Saal wandern, um die Reaktionen der Gäste einzufangen. Alle schienen mit dem bisherigen Verlauf zufrieden zu sein.

Doch plötzlich kippte die Stimmung. Alles ging so schnell, dass Franziska sich komplett überfordert fühlte. Eben hatte ihr Vater noch einen Scherz gemacht, der seine Zuhörer auflachen ließ. Im nächsten Moment verstummte er, griff sich an den Hals und schien keine Luft mehr zu bekommen. Das Mikrofon verstärkte sein Röcheln – der Techniker war zu geschockt, um auf die Veränderung zu reagieren.

Erst als Max Hofstetter zu taumeln begann und sich krampfhaft an dem Pult festklammerte, reagierten die ersten Gäste in dem Saal.

„Du meine Güte, was ist denn mit ihm?“

„Er braucht einen Arzt! Ist hier ein Arzt im Saal?“

„Was ist bloß passiert? Eben ging es ihm doch gut!“

Dr. Roland Schneider war einer der Ersten, der von seinem Stuhl aufsprang und zu ihrem Vater eilte, der mittlerweile in sich zusammengesackt und reglos hinter dem Stehpult liegengeblieben war.

Franziska löste sich aus ihrer Starre, folgte dem Arzt und angelte gleichzeitig ihr Mobiltelefon aus der Tasche, um einen Krankenwagen zu rufen. Während sie ihre Daten durchgab, führte Schneider die Erstuntersuchung durch.

„Was ist mit ihm?", fragte sie schließlich, nachdem sie aufgelegt hatte.

„Ich weiß es nicht, aber er lebt. Sein Puls ist schwach, der Atem sehr flach. Haben Sie einen Notruf abgesetzt?"

Franziska nickte. Was war bloß passiert? Vorhin hatte ihr Vater absolut vital gewirkt. Mal abgesehen von seinem üblichen Lampenfieber war es ihm gutgegangen. „Hat er uns was verschwiegen?", folgte sie einer Eingebung.

„Können wir später darüber sprechen?", antwortete er etwas unwirsch. „Holen Sie meine Tasche aus dem Raum hinter der Bühne. Ich will ihn stabilisieren, bis der Notarzt da ist."

Trotz der ausweichenden Antwort riss sich Franziska zusammen und folgte der Anweisung. Ihre Gedanken kreisten allerdings um die offene Frage. Hätte der Arzt sie nicht mit einem klaren *Nein* beantwortet, wenn da nichts wäre, was sie eigentlich wissen musste?

Erst als sie den Saal wieder betrat, drang das Stimmengewirr in ihr Bewusstsein. Trotzdem versuchte sie, die Sorge der aufgeregten Gäste vorerst auszublenden. Sollte sich jemand anders darum kümmern. Erst wollte sie wissen, was mit ihrem Vater los war! Roland Schneider wirkte überaus beunruhigt. Offensichtlich war es ernst und nicht nur ein kleiner Schwächeanfall, von dem sich der Gestürzte schnell wieder erholen würde. Zumindest nicht an diesem Abend.

Einige seiner engen Freunde waren an die Bühne getreten und verfolgten jeden Handgriff des Arztes. Andere mussten sich Luft machen; murmelten, stellten Fragen oder gaben sogar Tipps, was am besten zu tun wäre.

„Tun Sie mir einen Gefallen und schaffen Sie die Meute weg", raunte Schneider ihr zu. „Es ist ernst. Was ich jetzt am allerwenigsten brauche, sind Ratschläge von Dr. Google. Kriegen Sie das hin?", fügte er hinzu, als sie ihn zweifelnd anschaute.

Sie hatte keine Ahnung, wie sie das bewerkstelligen sollte. Trotzdem nickte sie. Wer mit Fünftklässlern fertig wurde, schaffte auch das, redete sie sich selbst Mut zu. Sie straffte sich und versuchte so viel Kraft in ihre Stimme zu legen, wie es ihr angesichts der Situation möglich war.

„Liebe Freunde", nutzte sie die gleichen Worte wie ihr Vater. „Bitte gewähren Sie Max – Ihrem langjährigen Freund – die nötige Ruhe und ein wenig Privatsphäre. Dr. Schneider kümmert sich um ihn, bis der Notarzt eintrifft. Mehr als das können Sie im Moment nicht für ihn tun. Nehmen Sie bitte wieder Ihre Plätze ein. In Kürze wird das Menü serviert. Mein Vater würde auf keinen Fall wollen, dass Sie hungrig nach Hause gehen. Wir informieren Sie, sobald wir selbst mehr wissen. Bitte gehen Sie zurück auf Ihre Plätze", wiederholte sie, um der Aufforderung mehr Gewicht zu verleihen. „Ich danke Ihnen", fügte sie schließlich hinzu, als die Ersten sich von der Bühne wegbewegten. Andere folgten.

Erleichtert drehte Franziska sich wieder zu ihrem Vater um. Der Notarzt war mittlerweile eingetroffen.

Emilia in Husum

Samstag, den 25. Mai

Natürlich gehörte Emilia zu denen, die von ihren Stühlen aufsprangen und sich vor der Bühne drängten. Da sich bereits ein Arzt um den zusammengebrochenen Maximilian Hofstetter kümmerte, musste sie sich eingestehen, von Neugierde getrieben zu sein, obwohl sie das natürlich nicht zugegeben hätte. Vor allem nicht vor Piet.

Gleichzeitig ging die Fantasie mit ihr durch. Da konnte sie einfach nicht aus ihrer Haut. Wer sich Tag ein, Tag aus Geschichten ausdachte, der hatte nun einmal eine blühende Fantasie. Und sie entwarf Kriminalgeschichten. Wenn also auf einer Spendengala der Initiator gleich bei seiner Begrüßungsrede zusammenbrach, ging sofort ihr Kopfkino an.

Natürlich konnte es sich schlicht um einen Schwächeanfall handeln, immerhin wusste sie nichts über den Gesundheitszustand des Unternehmers. Aber war die Lösung so banal oder steckte vielleicht mehr dahinter? Emilia war fest entschlossen, ein paar Informationen zu sammeln, und damit wollte sie direkt vor der Bühne beginnen. Dort konnte sie hautnah miterleben, ob sich Max Hofstetter schnell wieder aufrappelte oder es sich um etwas Ernsteres handelte.

Emilia hatte den Unternehmer direkt angesehen, als ihm die Luft wegblieb. Etwas in seinem Gesichtsausdruck ließ sofort ihre Alarmglocken läuten. Da war ein Erschrecken gewesen, als er sich an den Hals fasste, so als ob er sich selbst einer Bedrohung bewusst war. Konnte das sein oder befasste sie sich wirklich zu viel mit Kriminalfällen, so wie Piet es ihr gerne vorwarf? In letzter Zeit waren das nicht nur fiktive Geschichten, sondern vermehrt echte Mordermittlungen gewesen.

Hatten sie es an diesem Abend etwa ebenfalls mit einem Kapitalverbrechen zu tun? Sollte sie die Kommissare Mats Sommerfeld und Volker Grimm anrufen? Immerhin befanden sie sich in Husum. Wenn die beiden nicht gerade einen anderen Fall bearbeiteten, konnten sie vermutlich schnell hier sein. Am Samstagabend waren sie allerdings kaum im Dienst und somit vielleicht privat unterwegs. Das ließ sie zögern.

Nein! Erst mal musste sie in Erfahrung bringen, ob es für den Zusammenbruch von Max Hofstetter eine harmlose Erklärung gab. Sie wollte sich schließlich weder blamieren noch als hyperaktiv gelten. Der ältere Grimm hatte sie ohnehin auf dem Kieker und war alles andere als begeistert über ihre ständige Einmischung – wie er es nannte.

Viel war jedoch nicht zu erkennen. Das Pult verdeckte das Gesicht des Gestürzten. Dr. Schneider kümmerte sich um ihn. Seine Miene drückte Besorgnis aus.

Als Franziska die Umstehenden schließlich aufforderte, sich wieder zu setzen, kämpften zwei Seelen in ihrer Brust. Sollte sie der Bitte folgen oder der jungen Frau ihre Unterstützung anbieten? Für die Tochter musste es ein großer Schock sein. Auch wenn sie versuchte, tapfer zu wirken, hörte Emilia am Zittern ihrer Stimme, wie sie sich fühlte. Darüber hinaus war ihr nicht danach zumute, den Abend jetzt mit einem Drei-Gänge-Menü fortzusetzen - so als wäre nichts geschehen.

Tatenlos herumzusitzen entsprach ohnehin nicht ihrer Natur. Kurzentschlossen ging sie auf Franziska zu. Sie wollte der jungen Frau zumindest ihre Hilfe anbieten. Wenn diese ablehnte, konnte sie darüber nachdenken, wie sie weiter vorgehen sollte. Piet brauchte sie gar nicht zu fragen. Sie kannte seine Antwort. Er wäre dafür, den Besuch hier ganz abzubrechen und stattdessen alleine irgendwo essen zu gehen. Aber das kam für Emilia nicht infrage. Solange die Veranstaltung nicht offiziell abgebrochen wurde, würde sie hierbleiben. So viel stand fest!

Während sie über die Formulierung ihrer Worte nachdachte, traf der Notarzt ein. Sofort war Franziska an seiner Seite und erklärte ihm die Situation. Der Angesprochene nickte und eilte zu Maximilian Hofstetter, der nach wie vor bewegungslos am Boden lag.

Emilias ungutes Gefühl verstärkte sich. Sie hatte im Vorwege ein wenig über den Unternehmer recherchiert. Danach war Max Hofstetter nicht nur ein Wohltäter, sondern ein absoluter Kämpfer, der sich seinen Wohlstand aus eigener Kraft erwirtschaftet hatte. In seltenen Interviews klang durch, dass er seine Herkunft aus einfachsten Verhältnissen nie ganz überwunden hatte. Auch wenn diese Zeit nun lange zurücklag, schien sie ihn in seinem Handeln stark zu beeinflussen. Er wurde als strenger Vater und fordernder Arbeitgeber beschrieben. Fair, aber hart im Umgang. Von ihm bekam niemand etwas geschenkt – außer eben die unterprivilegierten Kinder, die aus eigener Kraft kaum eine reelle Chance auf ein selbstbestimmtes Leben hatten. Diesen kleinen Menschen griff er nur zu gerne unter die Arme. Von seinen eigenen Kindern erwartete er viel Eigenleistung.

So ein Mann blieb kaum vor dieser illustren Gesellschaft schwach und hilflos am Boden liegen, wenn er eine Wahl hatte. Emilia ging fest davon aus, dass er nicht in der Lage war aufzustehen – weder alleine noch mit Hilfe des Arztes.

Sie entfernte sich von der Bühne, um nicht zu sensationslüstern zu wirken. Gleichzeitig mied sie den Blickkontakt mit Piet, um nicht unter Druck zu geraten, endlich zu ihrem Platz zurückzukehren. Er erwartete sicherlich, dass sie Franziskas Aufforderung folgte – so, wie es die meisten der Umstehenden taten. Stattdessen suchte sie den Saal nach deren Geschwistern und Anna Hofstetter ab. Warum eilten die eigentlich nicht zu ihrem Vater beziehungsweise Mann, um in Erfahrung zu bringen, was passiert war und wie es ihm ging?

Die Familie saß am benachbarten Tisch. Ganz offensichtlich versuchten Krischan und Amelie, ihre Mutter zu beruhigen. Sie redeten leise auf sie ein. Beim näheren Hinsehen erkannte Emilia, dass Krischan seine Mutter festhielt, damit sie auf ihrem Stuhl sitzenblieb, statt zu ihrem Mann zu eilen. Wahrscheinlich wollte er eine theatralische Szene vermeiden und verließ sich darauf, von Franziska und dem Arzt informiert zu werden, wenn es etwas Konkretes gab.

Ein Schrei aus Richtung der Bühne ließ sie zusammenschrecken. Ruckartig drehte sie sich um und sah, wie Franziska die Hände vors Gesicht schlug. Gleichzeitig taumelte sie. Dr. Schneider griff beherzt zu und verhinderte damit, dass sie ebenfalls stürzte. Als der Notarzt ein Tuch über Max Hofstetter ausbreitete, wurden Emilias letzte Zweifel ausgeräumt. Der Unternehmer war tot! Was hatte das zu bedeuten?

Nun gab es für Anna Hofstetter, die Geschwister und etliche der Galabesucher kein Halten mehr. Mehr Gäste als zuvor bewegten sich in Richtung Bühne, um Details zu erfahren. Vermutlich waren enge Freunde des Unternehmers dabei. Maximilians Witwe rannte zu dem Leichnam und warf sich über ihn. Wie das auf die Umstehenden wirkte, schien ihr völlig gleichgültig zu sein.

Bei der Betrachtung kam sich Emilia wie ein Voyeur vor, der die Privatsphäre der Trauernden verletzte. Sollte sie doch endlich gehen und anderen die Prüfung der Angelegenheit überlassen?

„Emilia! Lass uns verschwinden!“ Die vertraute Stimme ihres Mannes klang eindringlich. „Das gesellige Beisammensein ist beendet.“

„Hhm.“

„Willst du etwa ein paar Meter neben dem toten Gastgeber ein Festmahl einnehmen?“, verstand er ihr Zögern falsch.

„Nein!“ Sie löste sich von der Bühne und wandte sich Piet zu. „Mir ist der Appetit vergangen. Außerdem kann ich mir kaum vorstellen, dass das Essen wirklich serviert wird. Das wäre jedenfalls völlig pietätlos.“

„Worauf warten wir also?“ Seine Stimme klang ungeduldig.

Emilia zögerte. Sollte sie Piet von ihrem Bauchgefühl berichten? Selbst ihr eigener Mann sah ihre Beteiligung an den Ermittlungen der Kommissare kritisch. Nach seiner Meinung reichte es vollkommen aus, sich mit fiktiven Fällen zu beschäftigen und daraus ihre durchaus erfolgreichen Kriminalromane zu stricken.

„Du führst doch etwas im Schilde! Lass mich raten: Du vermutest hinter dem Zusammenbrechen von Max Hofstetter einen Mordanschlag. Und nun bist du drauf und dran, Mats Sommerfeld anzurufen, damit er die Ermittlungen aufnimmt und du in vorderster Front dabei sein kannst“, brachte er ihre Überlegungen auf den Punkt.

„So könnte man es zusammenfassen“, gab Emilia unumwunden zu. Alles andere ergab ohnehin keinen Sinn, da Piet sie ja bereits durchschaut hatte. Trotz seiner kritischen Haltung war es für sie wichtig, sich mit ihm zu beraten.

Piet stöhnte. „Wie kommst du darauf, dass der Zusammenbruch keine gesundheitliche Ursache hat? Du kennst Max Hofstetter überhaupt nicht!“

„Genau das will ich ja ändern. Immerhin ist sein Arzt vor Ort. Den könnten wir als Erstes befragen.“ So leicht ließ Emilia sich nicht von ihrem Vorhaben abbringen.

„Das geht uns überhaupt nichts an, meine Liebe. Ich halte es für keine gute Idee, uns erneut in fremde Angelegenheiten einzumischen. Nur weil Franziska deine Lesung besucht hat, gehörst du kaum zum engsten Kreis der Familie. Am besten verabschieden wir uns und verfolgen stattdessen meinen Plan.“

„Das können wir an jedem beliebigen Abend machen“, stellte Emilia sich stur. „Nenn es Bauchgefühl oder weibliche Intuition, ich halte es für gut möglich, eben Zeuge eines Verbrechens geworden zu sein. Überleg mal: Max Hofstetter ist überaus wohlhabend. Da gibt es automatisch Neider und Menschen, die an seinem Reichtum partizipieren wollen."

„Damit meinst du wohl seine Frau und seine Kinder", mutmaßte Piet.

„Die natürlich in erster Linie", bestätigte sie.

„Du glaubst, sie wollen endlich ihren Anteil von dem Vermögen, bevor er alles für wohltätige Zwecke verjubelt?"

„Das wäre immerhin denkbar. Natürlich wäre ein Blick in sein Testament hilfreich. Vielleicht hatte sogar einer der Angehörigen Angst, Max Hofstetter könnte sein gesamtes Vermögen karitativen Institutionen vermachen und die Familienmitglieder lediglich mit einem Pflichtteil abspeisen. Möglicherweise stand eine derartige Testamentsänderung unmittelbar bevor", spann Emilia den Faden weiter.

„Du hast wirklich eine blühende Fantasie", amüsierte sich Piet. „Ich weiß, es ist nicht das, was du hören willst, und ich wiederhole mich nur ungern, aber all das geht uns wirklich nichts an. Außerdem wirst du kaum Einblick in das Testament erhalten oder in sonstige Familieninterna eingeweiht werden. Und selbst wenn sich Max Hofstetter bislang bester Gesundheit erfreute, kann es sich ja trotzdem um einen Herzinfarkt oder so etwas handeln. Nicht hinter jedem plötzlichen Tod steckt ein Mord."

„Ja, da stimme ich dir zu. Trotzdem könnte es in diesem Fall so sein." Sollte sie ihm von ihrer Beobachtung berichten? Oder würde er diese genauso in der Luft zerreißen? Natürlich konnte das Erschrecken in seinen Augen ebenfalls auf den eben angeführten Herzinfarkt zurückzuführen sein. Emilia glaubte jedoch nicht daran.

Normalerweise konnte sie sich sowohl auf ihre Beobachtungsgabe als auch ihre Menschenkenntnis verlassen. Sie sollte trotz Piets Bedenken bei Mats anrufen. Es wäre nicht das erste Mal, dass sie die Ermittlung der Kommissare entscheidend voranbrachte. Außerdem war der junge Kommissar ein Fan ihrer Romane, wodurch sie bei ihm einen Stein im Brett hatte.

Trotzdem wollte sie vorher mit dem Arzt sprechen. Er hatte sich vorhin begeistert gezeigt, sie an diesem Abend zu treffen. Sicherlich gab er ihr die gewünschte Information, wenn sie ihren Verdacht andeutete. Schließlich ging es nicht um Details, die der Schweigepflicht unterlagen, sondern lediglich um eine allgemeine Auskunft.

„Es könnte immer anders gewesen sein“, riss Piet sie aus ihren Gedanken.

„Es freut mich, deine Zustimmung zu erhalten“, entgegnete sie listig, obwohl sie genau wusste, dass er es so nicht gemeint hatte.

Prompt verzog Piet das Gesicht, verzichtete jedoch auf eine entsprechende Erwiderung.

„Gib mir fünf Minuten“, konkretisierte Emilia. „Ich will nur eben mit Dr. Schneider sprechen und Franziska mein Beileid zum Ausdruck bringen.“

„Genau, und das völlig ohne Hintergedanken“, durchschaute Piet ihr Manöver. „Nebenbei wirst du der trauernden Tochter deine Unterstützung anbieten und eine entsprechende Bemerkung fallenlassen, die sie erst auf die Idee bringt, dass hier etwas faul sein könnte.“

„Das ist eine ausgezeichnete Idee“, zwinkerte Emilia ihm zu. „Und letztendlich ja sogar meine Bürgerpflicht. Willst du mitkommen oder an unserem Platz auf mich warten?“

Resigniert gab Piet auf. Wenn Emilia sich etwas in den Kopf gesetzt hatte, kam er nicht dagegen an. Dieser Tatsache waren sich beide bewusst und Emilia nutzte sie natürlich zu ihrem Vorteil aus.

„Du weißt, wie ungern ich mich in den Vordergrund dränge. Überbring Franziska die tröstenden Worte in unserer beider Namen. Ich werde dort drüben auf dich warten; möchte dich aber bitten, den Bogen nicht zu überspannen."

„Weil ich mir sonst ein Taxi nehmen muss?", forderte sie ihn heraus.

„Ich würde es an deiner Stelle nicht darauf ankommen lassen", lächelte Piet und kehrte zu seinem Platz an dem festlich gedeckten Tisch zurück.

Franziska in Husum

Samstag, den 25. Mai

Das Rauschen in Franziskas Ohren übertönte alle anderen Geräusche im Saal, wobei die Geschehnisse auf der Bühne wie ein Film vor ihr abliefen. Sie stand da, unfähig, sich zu rühren. Alles fühlte sich wie betäubt an.

Erst als ihre Mutter auf die Bühne stürmte und sich über den Leichnam ihres toten Mannes warf, sickerte die Tragweite der Ereignisse in ihr Bewusstsein. Trotzdem fühlte es sich unwirklich an. Alles in Franziska sträubte sich, diese neue Wahrheit anzuerkennen. Was war bloß geschehen? Hatte ihr Vater irgendeine Krankheit verheimlicht? Oder war es einfach aus heiterem Himmel zu einem

Herzinfarkt oder einem Gehirnschlag gekommen? War das überhaupt möglich?

Suchend blickte sie sich nach Dr. Schneider um, von dem sie sich einige Antworten auf die zahlreichen Fragen erhoffte. Immerhin lenkten diese sie von dem schrecklichen Bild ab. Für einen Moment. Dann nahm sie die Traube von Galagästen wahr, die sich vor der Bühne drängten. Was sollte sie ihnen bloß sagen? Sie wusste ja selbst nicht, was passiert war. Alle würden von ihr Entscheidungen über den weiteren Ablauf des Abends erwarten. Wieder wäre Franziska am liebsten aus dem Saal geflohen, fühlte sich mit der gesamten Situation komplett überfordert.

Aber das war keine Option. Sie musste sich der Herausforderung stellen, hoffte insgeheim, von irgendjemandem Unterstützung zu bekommen. Warum musste ihr Mann gerade heute mit einer Magenverstimmung zu Hause im Bett liegen? Es wäre tröstlich gewesen, Holger jetzt an ihrer Seite zu wissen.

Wie durch eine Nebelwand drangen die Fragen der Umstehenden zu ihr durch.

„Was ist bloß passiert?"

„Oh, mein Gott. Ist Maximilian etwa tot?"

„Warum tut denn keiner was?"

Die Berührung an ihrer Schulter ließ sie zusammenzucken. Ruckartig drehte sie sich um und hätte beinahe wieder das Gleichgewicht verloren.

„Schicken Sie die Menschen nach Hause, Franziska." Schneiders Stimme klang eindringlich. „Sie brauchen jetzt Zeit mit der engsten Familie, um den Verlust zu verkraften."

Was für ein Hohn! Ihre Geschwister würden dabei kaum hilfreich sein. Das Gespräch, das sie vor ein paar Wochen über ein mögliches Erbe geführt hatten, kam ihr in den

Sinn und ließ sie erschaudern. Nein! Es war unmöglich, dass einer von ihnen nachgeholfen hatte. Oder etwa doch?

„Franziska! Sie sehen aus, als hätten Sie einen Geist gesehen. Soll ich mit den Gästen sprechen? Wollen Sie sich einen Moment setzen? Vielleicht ein Glas Wasser trinken?“

Franziska nickte. „Ja. Schicken Sie alle nach Hause. Oh, dort ist Emilia Anderson. Ich möchte mit ihr reden. Bitte kommen Sie im Anschluss zu uns. Ich habe ein paar Fragen, die Sie mir bestimmt beantworten können.“

Die Schriftstellerin stand am Rand der Bühne und beobachtete das Geschehen. Die Idee war Franziska ganz spontan gekommen. In den letzten Monaten war immer wieder über Emilias Beteiligung an der Aufklärung echter Kriminalfälle berichtet worden. Das hatte Franziska neugierig gemacht. Deshalb hatte sie angefangen, deren Krimis zu lesen, und war schließlich auf die Lesung gegangen.

Vielleicht sollte es so sein, sie zu diesem Abend einzuladen. Wenn an ihrem spontanen Verdacht etwas dran war, konnte die Hobbyermittlerin sie bestimmt bei der Suche nach der Wahrheit unterstützen. Allerdings brauchte sie entsprechendes Fingerspitzengefühl, um ihre Überlegungen vorzutragen. Natürlich konnte das Unterfangen genauso nach hinten losgehen und am Ende stand sie selbst unter Verdacht, ihren eigenen Vater umgebracht zu haben.

Es so deutlich zu durchdenken, bescherte ihr eine Gänsehaut. Konnte das wirklich sein oder verrannte sie sich in eine absurde Idee, die die Konflikte innerhalb der Familie lediglich verschärften?

Sie war sich allerdings sicher, dass Emilia die Angelegenheit diskret und vertraulich behandeln würde. Und sie war es ihrem Vater schuldig, der Sache auf den Grund zu gehen, so hatte er sie erzogen: loyal und verantwortungsbewusst.

„Franziska! Was für ein schrecklicher Verlauf des Abends, den Sie so sorgfältig vorbereitet haben! Kann ich irgendetwas für Sie tun?“, kam die Krimiautorin im gleichen Augenblick auf sie zu. Dabei schien sie das Rednerpult, an das Dr. Schneider getreten war, genau im Auge zu behalten. War sie lediglich neugierig, was er nun verkünden würde, oder beschlich sie der gleiche Verdacht?

Das würde es Franziska sogar erleichtern. Außerdem musste entschieden werden, was mit dem Leichnam ihres Vaters passieren sollte. Bei einem natürlichen Tod genügte es wohl, wenn sie einen Bestatter beauftragte. Sollte es sich wirklich um Mord handeln, mussten sie die Polizei einschalten. Wieder erschien ihr der Gedanke absurd. Wie sollte sie Emilia gegenüber bloß ihren Verdacht äußern?

„Mir schwirrt der Kopf“, erklärte sie, um überhaupt etwas zu sagen.

„Hier trinken Sie das. Es wird Ihre Lebensgeister wieder wecken.“ Statt Wasser reichte Emilia ihr ein Glas Champagner, das sie nach kurzem Zögern herunterstürzte.

„Schon besser“, nickte sie schließlich.

Emilia warf ihr einen besorgten Blick zu, richtete ihre Aufmerksamkeit dann aber auf die Bühne. „Wir sollten die Wasserflasche in Sicherheit bringen“, erklärte sie schließlich. „Ich bin gleich wieder bei Ihnen.“

Während Franziska einen Moment brauchte, um das Gesagte zu verdauen, schritt Emilia zum Pult. Dabei öffnete sie ihre Handtasche und holte tatsächlich Handschuhe und eine Plastiktüte heraus. Die Frau war anscheinend jederzeit bestens vorbereitet. Dr. Schneider reagierte leicht irritiert, konzentrierte sich aber auf das Publikum.

Nachdem Emilia sowohl die Flasche als auch das Glas verpackt hatte, kehrte sie zu Franziska zurück.

„Sind Ihnen irgendwelche Krankheiten Ihres Vaters bekannt, die zu diesem plötzlichen Tod führen konnten?"

Franziska schüttelte den Kopf. „Genau das frage ich mich die ganze Zeit", antwortete sie flüsternd. „Vielleicht hat er uns etwas verschwiegen, worüber sein Arzt uns Auskunft geben kann."

„Ja, vielleicht."

„Sie denken in eine andere Richtung." Franziska zeigte auf die Tüte. „Glauben Sie wirklich, dass er ermordet wurde?"

„Glauben würde ich es nicht nennen, aber es bewegt sich im Rahmen des Möglichen", antwortete Emilia zögernd.

„Was raten Sie mir? Sollen wir die Polizei einschalten?"

„Wenn es mein Vater wäre, würde ich nicht zögern. Sind Ihnen Konflikte bekannt? Können Sie sich vorstellen, wer ihm nach dem Leben trachtete?", schien sie die Scheu an dem Thema zu überwinden.

„Ja, das kann ich. Sie haben doch einen direkten Kontakt zur Mordkommission. Bitte rufen Sie die Ermittler an", traf Franziska eine Entscheidung. „Aber bitte bleiben Sie bei mir. Ich möchte Ihre Unterstützung und Zusammenarbeit mit der Polizei. Ich traue Ihnen und bin mir sicher, dass Sie die Wahrheit herausbekommen."

„Okay, aber dann sollten die Gäste bleiben. Die Kommissare wollen bestimmt mit ihnen sprechen."

„Meinen Sie wirklich? Alle sind bestimmt sehr hungrig."

„Lassen Sie das Essen servieren. Das überbrückt die Zeit, bis Mats Sommerfeld und Volker Grimm mit den Befragungen beginnen."

„Das kommt mir absurd und skurril vor", legte Franziska Veto ein.

„Ja, so ist das Leben manchmal - und erst recht der Tod. Ich kann nur aus meiner Erfahrung sprechen. Sie würden den Ermittlern die Arbeit erleichtern. Vielleicht haben einige Gäste etwas gesehen."

„Und wie soll ich es formulieren?", fragte sie mit zitternder Stimme. Die Vorstellung gefiel ihr ganz und gar nicht.

„Wenn Sie möchten, übernehme ich es. Sie müssen sich aber schnell entscheiden, sonst sind alle weg."

Franziska nickte. „Also gut. Wenn es der Sache dient."

Kaum ausgesprochen machte sich die engagierte Krimiautorin auf den Weg zum Rednerpult, hinter dem nach wie vor der Leichnam des Verstorbenen lag. Was für ein Albtraum!

„Was will Frau Anderson mit der Flasche?", riss die Stimme von Dr. Schneider sie aus ihren Gedanken. „Sieht ja aus, als würde sie ein Beweismittel sichern."

Es hörte sich an, als wollte Schneider scherzhaft klingen, trotzdem war Franziska elektrisiert. Hatte der Arzt etwas mit dem Tod ihres Vaters zu tun? Ihre Gedanken rasten. Welches Motiv sollte er haben? War er etwa im Testament seines langjährigen Patienten bedacht? Oder steckte er mit einem der Familienmitglieder unter einer Decke?

Wie sollte sie darauf reagieren? Franziska entschied sich für die direkte Konfrontation. Vielleicht wurde er durch den Überraschungseffekt überrumpelt und verriet sich mit einer Bemerkung. Sein Scherz war genauso geschmacklos wie unangemessen!

„Ja, so ist es. Nachdem Emilia Anderson unsere Gäste zum Bleiben aufgefordert hat, wird sie die Polizei rufen. Die sollen untersuchen, was passiert ist."

Unter dem prüfenden Blick wurde Dr. Schneider deutlich blass. War er einfach nur schockiert oder fühlte er sich ertappt?

Mats in Husum

Samstag, den 25. Mai

Kriminalkommissar Mats Sommerfeld genoss sein freies Wochenende in vollen Zügen. Endlich war es warm und fast sommerlich. Er war mit seinem besten Freund zum Surfen verabredet. Das hatte er den ganzen Winter vermisst. Eigentlich wollten sie längst zum Essen bei ihrem Lieblingsitaliener aufbrechen, aber der Wind war heute einfach perfekt und essen konnten sie auch später.

Er ließ seinen Blick über die herrlichen Wellen der Nordsee wandern, die gemächlich Richtung Wasserkante rollten. So langsam schlief der Wind ein, aber Mats konnte sich noch nicht losreißen. Der Strand hatte sich merklich geleert, die Feriengäste kehrten in ihre Quartiere zurück.

Jannis schien langsam der Magen zu knurren. Aus den Augenwinkeln sah Mats, dass sein Freund anfing, abzutakeln und einzupacken. Nun gut, genau genommen reichte es für heute, und gegen eine warme Mahlzeit hatte er nichts einzuwenden.

Kaum war er umgezogen, klingelte sein Mobiltelefon.

„Sag nicht, dass du heute Bereitschaft hast, Kumpel. Ich sterbe vor Hunger und habe wenig Lust, allein zu essen.“ Jannis sah ihn prüfend an.

„Du weißt, wie es auf dem platten Land ist: kleines Kommissariat – immer im Dienst. Aber keine Sorge, es handelt sich um Emily“, versuchte Mats seinen Freund zu beruhigen, obwohl ihn gleich ein ungutes Gefühl beschlich. Die Krimiautorin hatte ihn bisher nie an einem Samstagabend angerufen, um einfach nur zu plaudern.

„Emily? Etwa deine neue Flamme? Warum weiß ich nichts davon?“

Mats musste unwillkürlich lachen. „Nein, keine neue Flamme. Die Lady könnte locker meine Mutter sein. Emily Anderson, die ...“

„Ach, die Schriftstellerin, die ständig ihre Nase in deine Ermittlungen steckt.“

„Ja, genau. Aber lass sie das nicht hören. Tatsächlich hat sie sich in der Vergangenheit als sehr nützlich erwiesen – und ich mag sie. Ein bisschen schrullig, sehr neugierig und von sich überzeugt, aber sie schreibt wirklich spannende Krimis.“

„Ah, ja. Du bist ein Fan. Das hatte ich vergessen. Tja, dann musst du wohl rangehen. Hoffentlich zieht sie dich nicht in den nächsten Kriminalfall. Dann gibt es weder Pizza noch Pasta.“

Mats nahm das Gespräch entgegen, bevor es auf die Mailbox lief. „Moin Emily“, begrüßte er die Anruferin. „Lange nichts von Ihnen gehört. Wann erscheint Ihr nächster Roman?“

„Moin Mats. Das ist nett, dass Sie danach fragen, aber wie Sie sich denken können, rufe ich aus einem anderen Grund an.“

Automatisch hielt der junge Kommissar die Luft an. Wie es aussah, behielt Jannis mit seiner Befürchtung recht.

„Was ist passiert?“

„Ich bin hier auf einer Spendengala im *Genießerhotel im Alten Gymnasium.*“

Automatisch knurrte sein Magen lauter.

„Kennen Sie den Unternehmer Max Hofstetter?“

„Nein. Sollte ich?“

„Er ist während seiner Eröffnungsrede tot zusammengebrochen.“

„Und Sie gehen von einem Mord aus“, fiel Mats ihr ins Wort.

„Immerhin könnte es sein.“ Mit knappen Worten weihte sie ihn in die Geschehnisse ein. „Können Sie bitte herkommen?“

Dieser Verlauf des Abends passte Mats überhaupt nicht in den Kram.

„Und bringen Sie am besten gleich Ihren Kollegen Volker Grimm mit.“

Das gefiel ihm noch weniger. Höchstens, dass Emily Anderson ihn als seinen Kollegen bezeichnete. Genau genommen war der Ältere sein Vorgesetzter, obwohl das in ihrem Kommissariat letztendlich zweitrangig war.

Die Schriftstellerin deutete sein Zögern richtig. „Ich bin mir sicher, dass ich Ihnen gerade den Abend verderbe, aber es ist wirklich wichtig, Mats. Und die Anwesenden in diesem Saal sind genauso von einem anderen Verlauf ausgegangen. Ich habe alle gebeten, zu bleiben und auf die Polizei zu warten. Sie haben also gar keine andere Wahl, als zu kommen."

„Sie meinen, wenn Sie nicht vollkommen blamiert dastehen wollen", gab er nüchtern zur Antwort.

„So kann man es auch ausdrücken, aber wenn Sie nicht kommen, rufe ich die Streifenpolizei. Das wollen Sie nicht wirklich!"

„Sie schaffen es immer wieder, mich zu überzeugen. Halten Sie die Leute hin. Ich informiere Grimm und dann kommen wir."

„Ich danke Ihnen." Die Erleichterung in ihrer Stimme war deutlich zu hören.

„Sag bloß, du hast nicht einmal Zeit für einen Burger!", maulte Jannis, der den Wortwechsel aufmerksam verfolgt hatte. „Diese Schriftstellerin hat dich ganz schön im Griff!"

„Um sie geht es nicht. Aber der Gastgeber einer Spendengala ist tot zusammengebrochen ..."

„Vielleicht war er alt oder hatte einen Herzinfarkt. Lass ihn einfach durch einen Arzt untersuchen, Kumpel! Es kann nicht angehen, dass du alles stehen lässt, nur weil diese Krimiautorin wieder einen Fall wittert. Und deinem Grimm wird es kaum gefallen, am Samstagabend zu einem angeblichen Mord gerufen zu werden, wenn er sich gerade gemütlich im Kreis der Familie befindet", startete Jannis einen letzten Versuch den Freund von seinem Vorhaben abzubringen.

„Damit hast du bestimmt recht", grinste Mats. „Der alte Griesgram wird seinem Namen wieder alle Ehre machen. Trotzdem muss ich ihn anrufen. Nimm es mir bitte nicht übel. Emily ist davon überzeugt, dass es zumindest ernstzunehmende Verdachtsmomente gibt."

„Du bist ein Groupie!" Jannis schüttelte resigniert den Kopf.

„Ich bin doch kein Mädchen", erwiderte Mats lachend. „Du hast was gut. Mir knurrt ebenfalls der Magen, aber so ist der Job. Ich werde mich mit einem Drive Inn begnügen, lade dich dafür aber nächste Woche zu einem Steak ein."

„Abgemacht!", zeigte sich Jannis versöhnlich. „Gegen Emily habe ich eben keine Chance", fügte er trotzdem mit einem Augenzwinkern hinzu, was ihm einen Knuff in die Seite einbrachte.

„Du wusstest, worauf du dich einlässt", grinste Mats. „So, und nun genug des Geplänkels, ich muss mich bei Grimm melden, auch wenn er nicht begeistert sein wird."

„Alles klar, mach´s gut, alter Junge. Und halt mich auf dem Laufenden. Bin gespannt, ob es wirklich ein Fall ist oder sich deine Krimiautorin nur wichtigtut."

„Du wirst es als Erster erfahren!", blieb Mats ungerührt und suchte gleichzeitig Grimms Nummer heraus. „Ich melde mich. Und tschüss."

Während Jannis sein Zeug in den Wagen packte, kramte Mats in seinem Gedächtnis, ob der Kollege sich irgendwie über seine Pläne für das Wochenende geäußert hatte. Grimm sprach kaum über sein Privatleben. Manchmal rutschte ihm allerdings eine Bemerkung heraus. Irgendein Geburtstag in der Familie? Mats war sich nicht sicher. Nun, er würde es gleich erfahren.

„Grimm!", meldete sich der Angerufene im gleichen Moment.

„Moin! Hier ist Sommerfeld." Obwohl sie nun schon eine Weile zusammenarbeiteten und es eigentlich unter Kollegen üblich war, sich zu duzen, hielt Grimm nachdrücklich an der förmlichen Anrede fest. Vielleicht befürchtete er, den Respekt des Jüngeren zu verlieren. Das war zwar Blödsinn, sollte Mats aber recht sein. Echte Kumpels würden sie ohnehin nie werden.

„Was wollen Sie?“, unterbrach Grimm seine Gedanken. Es klang genauso barsch wie abweisend.

„Wie es aussieht, haben wie einen Fall“, erklärte Mats verunsichert. Hatte er sich zu schnell auf Emilys Vermutungen eingelassen?

„Wie es aussieht?“, blaffte Grimm. „Geht es etwas genauer? Immerhin stören Sie mich in meinem Wochenende. Und halten Sie sich kurz, ich bin auf der Geburtstagsfeier meiner Schwiegermutter.“

Mats lag eine spitze Bemerkung auf der Zunge, er schluckte sie aber herunter. Da der Kollege bereits in Brass war, würde ein Schwiegermutterwitz ihn kaum auflockern. „Auf einer Spendengala ist der Gastgeber mitten in der Rede zusammengebrochen und kurz darauf verstorben“, hielt er sich an die Fakten.

„Und?“

„Na ja. Er ist überaus wohlhabend und ...“

„Es könnte sich um einen Herzinfarkt handeln“, wiederholte Grimm Jannis´ Worte. „Ist ein Arzt vor Ort?“

„Ja, die Familie ...“

„Und was lässt Sie vermuten, dass es sich um einen Mord handelt? Wer hat Sie überhaupt angerufen?“

„Äh, Emily Anderson“, antwortete Mats halblaut und zog automatisch den Kopf ein.

„EMILY ANDERSON?“, polterte Grimm. „Die neugierige Schriftstellerin, die ständig ihre Nase in unsere Ermittlungen steckt? Reden wir von dieser Emily Anderson?“

„Ja.“

„Und was hat sie gesehen, was sie zu der Annahme bringt, dass es sich um einen Mord handelt?“

Mats spürte die Hitze in seinem Gesicht. Er hätte sich lieber erst selbst ein Bild machen sollen, bevor er den strengen Kollegen behelligte. Aber dafür war es nun zu spät. Außerdem hatte sich Emilys Spürsinn mehrmals als richtig und hilfreich erwiesen. Er straffte sich und entgegnete mit neuem Selbstbewusstsein: „Sie hat es am Telefon nicht weiter ausgeführt, aber wie wir sie kennengelernt haben, ist an ihrem Verdacht bestimmt etwas dran.“ Das klang selbst in seinen eigenen Ohren ziemlich hohl, aber echte Fakten konnte er eben nicht vorweisen.

Am anderen Ende der Leitung herrschte Stille. Mats fragte sich schon, ob Grimm einfach aufgelegt hatte, aber so einfach machte der Kollege es ihm nicht.

„Diese Frau hat Ihren Verstand vernebelt, Sommerfeld. Wenn sie ruft, springen Sie! Aber eins sage ich Ihnen. Ich lasse mir mein Wochenende nicht von den Mutmaßungen einer übereifrigen Hobbyermittlerin verderben. Wenn Sie nichts Besseres zu tun haben, fahren Sie meinetwegen zu dieser Spendengala. Ich habe eine Familie, die mir wichtig ist und die ich nicht wegen eines hanebüchenen Verdachts enttäuschen werde. Melden Sie sich wieder, wenn Sie echte Fakten haben. Moin!“ Nach diesen Worten legte Grimm auf.

Mats fühlte sich wie ein Schüler, dem gerade eine Standpauke gehalten wurde. Frustriert kickte er eine leere Getränkedose weg, die irgendein Umweltsünder am Strand liegengelassen hatte. Täuschte er sich in Emily? Ja, er war ein Fan ihrer Kriminalromane und er mochte sie. Außerdem war sie echt clever und nicht auf Effekthascherei aus. Trotzdem konnte es natürlich sein, dass er sein Kommen übereilt zugesagt hatte. Sowohl Jannis als auch Grimm schienen davon überzeugt zu sein, was ihn nun verunsicherte.

Allerdings war der Freund mittlerweile losgefahren und er hatte es versprochen. Das wollte er nun nicht mehr zurücknehmen. Also blieb ihm keine Wahl, als zu diesem Hotel zu fahren, in dem die Gala stattfand. Schnell packte er seine Sachen und stieg in den Wagen. Der Appetit war ihm vergangen.

Krischan in Husum

Samstag, den 25. Mai

Der alte Geldsack war also tatsächlich tot! Krischan konnte es noch gar nicht fassen. Das war wesentlich schneller und einfacher gegangen als erhofft. Und dabei geradezu Ironie des Schicksals, dass es seinen alten Herrn auf seiner heißgeliebten Spendengala aus dem Leben gerissen hatte.

Bereits seit Jahren hatte sich Krischan angewöhnt, auf Außenwirkung zu setzen, und betrachtete die Szenerie automatisch mit den Augen der Polizei, deren Auftauchen eben angekündigt worden war. Würde die sofort von einem Mord ausgehen?

Zumindest fühlte Krischan sich in seiner Philosophie bestätigt. Das Leben war einfach zu kurz, um es lediglich mit Arbeit zu verbringen. Sich abzurackern, bis man schließlich tot umfiel – dazu vor versammelter Mannschaft. Alle Anwesenden waren fein herausgeputzt und mit edlen Klunkern behängt. Sein Vater hatte es geliebt, dazuzugehören, mithalten zu können – auch wenn es ihn nicht glücklich machte. Das war nur zu deutlich gewesen und hatte Krischan bestärkt, Max weder in die Firma noch auf seinem Lebensweg zu folgen.

Natürlich gab es dadurch ständig Konflikte und offenen Streit. Jahrelang hatte Krischan das Verhalten seines Vaters als Verachtung empfunden. Das war verletzend und demütigend gewesen. Nie wollte er selbst so werden. Wie konnte man seinen eigenen Kindern vorschreiben, wie sie leben sollten? Das war einfach absurd!

Und wie konnte man fremde Kinder stärker unterstützen als die eigenen? Warum bekamen irgendwelche Gören auf der anderen Seite des Erdballs riesige Summen für ihre Ausbildung, während Max ihn und seine Schwestern so kurzhielt, dass sie sich die Nächte mit irgendwelchen miesen Jobs um die Ohren schlagen mussten? Das hatte Krischan seinem Vater nie verziehen. Es steckte wie ein Stachel im eitrigen Fleisch und schmerzte bei jeder Berührung.

Und jetzt war er tot!

Krischan saß bewegungslos auf seinem Platz in dem herausgeputzten Festsaal und betrachtete die Szene. Die meisten Gäste wirkten betroffen. Klar! Max war ein anerkanntes Mitglied der Gesellschaft. Dieses Event war beliebt. Sehen und gesehen werden – und dabei etwas Gutes tun. Worüber man im Anschluss reden konnte. Oder prahlen.

Wie ihm dieses Gehabe zuwider war. Er hätte viel dafür gegeben, jetzt irgendwo anders zu sein!

Den illustren Gästen kam der Tod des Gastgebers sicherlich ungelegen, vor allem zu diesem Zeitpunkt - vor dem Essen. Die meisten von ihnen waren vermutlich erleichtert gewesen, als diese rothaarige Wichtigtuerin sich ans Rednerpult stellte und alle aufforderte zu bleiben, bis die Polizei eintraf. Man würde trotz der schockierenden Umstände gleich das vorbereitete Dinner servieren lassen, da sicherlich alle Hunger hatten und es die Wartezeit verkürzte. Was für eine verlogene Bande!

Die Ankündigung des baldigen Eintreffens der Kriminalkommissare hatte Krischan kurz einen gewaltigen Schrecken eingejagt, doch dann beruhigte er sich schnell wieder. Das war vermutlich die übliche Vorgehensweise, wenn jemand plötzlich und unerwartet aus dem Leben schied, oder steckte mehr dahinter?

Als sich die Rothaarige anschließend zu Franziska gesellte, fiel ihm wieder ein, wer diese Person war. Eine Schriftstellerin, die seine Schwester erst kürzlich kennengelernt hatte. Typisch Franziska. Als ob sie ihr armseliges Dasein dadurch aufwerten könnte. Krischan hatte nie verstanden, warum sie nicht selbst einen Roman geschrieben und es mit einer künstlerischen Laufbahn wenigstens versucht hatte. Lehrerin! Das war eindeutig der Einfluss seines Vaters gewesen!

Krischan schob den Gedanken beiseite. Damit war es nun endgültig vorbei! Kurz durchströmte ihn Erleichterung, bevor er sich selbst einen Dummkopf schalt. Noch war nichts vorbei!

Gleichzeitig störte es ihn, wie Franziska sich bei dieser Schriftstellerin anbiederte, die eindeutig das Zepter an sich riss. Bestimmt war es deren Idee gewesen, die Polizei zu rufen. Wenn man sich beruflich ständig mit Mord und Totschlag beschäftigte, sah man am Ende nichts anderes mehr. Obwohl es auf den ersten Blick wirklich abwegig war, in dem Zusammenbruch von Maximilian Hofstetter einen Anschlag zu sehen.

Seine Mutter war zur Bühne gestürmt und hatte sich über den Toten geworfen, was letztendlich eine peinliche Zurschaustellung von Gefühlsduselei darstellte, die es in ihrer Familie ohnehin nicht gab. Krischan fragte sich unwillkürlich, ob die Anwesenden davon wussten und die Szene als großes Schauspiel interpretierten.

Amelie und Marcel saßen nach wie vor bei ihm am Tisch. Vielleicht sollte er sich die Mühe machen und herausfinden, was sie über den Vorfall dachten. Würde Marcel aufgrund seiner hochtrabenden Pläne und Amelies Schwäche in der wohl anstehenden Mordermittlung unter Verdacht geraten? Krischan warf seinem Schwager einen prüfenden Blick zu. Wie reagierte er? Blieb er gelassen oder zeigte er sich deutlich nervös? Im Grunde war er der perfekte Sündenbock. Ambitioniert und clever. Mit einem Teil des Vermögens seines Schwiegervaters endlich den langersehnten Traum von einem eigenen Restaurant umzusetzen, war sicherlich nach seinem Geschmack.

Amelie dagegen war schwach und anpassungsfähig. Außerdem himmelte sie Marcel an und würde ihn bestimmt bei seinen Luftschlössern unterstützen, selbst wenn es bedeutete, dass er damit ihr Erbe durchbrachte. Würde sie ebenfalls unter Verdacht geraten oder traute man ihr so eine abscheuliche Tat wie die Ermordung des eigenen Vaters gar nicht zu?

Das, was sie sich von Herzen wünschte, gab es ohnehin nicht zu kaufen: ein eigenes Kind - oder besser eine ganze Schar davon. Also kümmerte sie sich mit Hingabe um fremde Bälger. Krischan hatte das nie verstanden. Vermutlich war diese Berufswahl ebenfalls kräftig von ihrem alten Herrn beeinflusst worden.

Seine Schwestern hatten dem Druck nachgegeben und er selbst stand als schwarzes Schaf der Familie da. Wie er diese Rolle hasste! Aber auch damit war jetzt endgültig Schluss!

Blieb nur zu hoffen, dass der Alte nicht sein gesamtes Erbe an wohltätige Zwecke vergeudet hatte. Mit den Jahren war sein Engagement immer intensiver geworden. Und da die eigenen Kinder nun erwachsen waren, konnten sie nach Meinung des Familienoberhauptes selbst für ihren Lebensunterhalt aufkommen. Wurden sie in seinem Testament tatsächlich mit einem mickrigen Pflichtteil abgespeist?

Die Vorstellung löste eine derartige Wut aus, dass er all seine Selbstbeherrschung brauchte, um nicht das Glas vor ihm quer durch den Raum zu schleudern. Er musste sich auf andere Art abreagieren, wenn er nicht alle neugierigen Blicke auf sich ziehen wollte.

„Wer hat deinem Vater die Flasche auf das Rednerpult gestellt?“, unterbrach Marcel seine Gedanken.

„Was?“

„Die Wasserflasche“, wiederholte sein Schwager geduldig. „Wer hat sie auf das Pult gestellt?“

„Keine Ahnung. Vermutlich Franziska. Oder eine Kellnerin. Wofür ist das wichtig?“

„Die Krimiautorin, die um deine Schwester scharwenzelt, hat sie eingesackt“, bemerkte Marcel mit gerunzelter Stirn. „Vielleicht steckt sie mit Franziska unter einer Decke und will sie verschwinden lassen.“

„Ach, Quatsch. Die beiden haben sich gerade erst kennengelernt. Und was ... Ach, du Scheiße! Glaubst du etwa, dass der Alte vergiftet wurde?“ Krischan riss entsetzt die Augen auf. Diese theatralische Geste hatte er vor dem Spiegel geübt. „Von Franziska?“

„Na ja, immerhin ist sie die Queen der Galaorganisation. Vielleicht gehörte das ebenfalls zu ihrem Plan.“

„Aber doch nicht zusammen mit der Hobbyschnüfflerin.“

„Dann macht sie sie wohl gerade zu ihrem Werkzeug. Clever. Hätte ich deiner spießigen Schwester gar nicht zugetraut.“

„Marcel! Wie redest du über Franziska! Das ist wirklich nicht nett“, ergriff Amelie das Wort, aber ihr Mann beachtete sie gar nicht.

Krischans Gedanken rasten. Das war ein interessanter Ansatz. Würden die Mordermittler Franziska des mutmaßlichen Mordes an ihrem Vater verdächtigen? Er dachte darüber nach, wie die Geschwister und der Schwager auf die Kommissare und die anderen Anwesenden wirken mussten. War das Franziskas Art, aus der jahrelangen Gängelung auszubrechen? Oder lenkte Marcel mit diesen Beschuldigungen von seiner eigenen Tat ab? Und welche Rolle spielte die sanfte Amelie in diesem Szenario?

Möglicherweise war es keine schlechte Idee, die Husumer Kommissare zu diesem Fall hinzuzuziehen. Trotzdem verspürte Krischan bei der Vorstellung ein unangenehmes Drücken in der Magengegend. Es lag nicht in seinem Interesse, dass die Polizei seine Lebensumstände durchleuchtete.

Emilia in Husum

Samstag, den 25. Mai

Obwohl bisher all ihre Vorschläge umgesetzt wurden, wartete Emilia ungeduldig auf das Eintreffen der Kommissare. Natürlich hätte sie selbst mit der Gästebefragung loslegen können, wollte aber durch vorschnellen Aktionismus nichts vermasseln. Volker Grimm wartete sicherlich nur auf eine Gelegenheit, um sie zurechtzuweisen oder vorzuführen. Zumindest würde er kaum begeistert über ihre Anwesenheit an diesem Tatort sein.

Und sie selbst war überzeugt, dass es sich um einen Tatort handelte. Also schaltete sie in den Ermittlermodus und begnügte sich vorerst mit Beobachten. Schon als sie die Wasserflasche vom Rednerpult eintütete, bemerkte sie den konsternierten Blick des Arztes. War er bloß verwirrt über die ungewohnte Initiative der Schriftstellerin oder hatte er etwas zu verbergen?

Mittlerweile ließen sich die meisten Anwesenden das servierte Festmahl schmecken. Einige schienen zu zögern und fragten sich wohl, ob ein derartiges Verhalten nicht als respektlos interpretiert werden konnte, gaben ihre Zurückhaltung aber schließlich auf.

Piet starrte unglücklich auf den Teller, den ein Kellner auf seinem Platz abstellte, obwohl er dankend abgelehnt hatte. Es war typisch, dass ihm in so einer Situation nicht nach essen zumute war. Als er ihren Blick spürte, guckte er in ihre Richtung und gestikulierte schließlich heftig. Ganz offensichtlich forderte er sie auf, den Saal zu verlassen, aber das lehnte Emilia ab. Um keinen Preis der Welt wäre sie jetzt nach Hause gefahren!

Die Kommissare mussten jeden Moment eintreffen. Das wollte sie nicht verpassen.

„Moin Emily", wurde sie im gleichen Augenblick begrüßt. „Dann erzählen Sie mal, wie Sie zu Ihrem Verdacht gekommen sind."

Erfreut drehte sie sich zu der bekannten Stimme um. „Mats Sommerfeld. Schön, dass Sie so schnell gekommen sind. Wo steckt Ihr Kollege Volker Grimm?"

„Er meinte, er würde reichen, wenn Sie mir den Samstagabend verderben", erwiderte Mats trocken.

Emilia nickte bedächtig. „Es wundert mich nicht, dass er seine Zweifel so offen bekundet. Macht nichts!", ergänzte sie frohlockend. „Dann können Sie die ersten Lorbeeren einheimsen."

„Also gut, schießen Sie los. Worauf begründet sich Ihr Verdacht, es könnte sich bei dem Tod von Maximilian Hofstetter um ein Verbrechen handeln?"

Emilia druckste ein wenig herum. Natürlich konnte sie zu diesem Zeitpunkt keine handfesten Beweise liefern, aber vielleicht erwartete Mats das auch gar nicht. Er war jung und wendete moderne Ermittlungsmethoden an. Außerdem verließ er sich mittlerweile auf ihre Ahnungen, weil diese bereits zum Ziel geführt hatten. Weibliche Unterstützung konnte Gold wert sein und da er alleine gekommen war, wusste er diese bestimmt erst recht zu schätzen. Sie sollte sich selbstbewusst geben, statt jetzt einen Rückzieher zu machen.

„Na ja, nennen Sie es weibliche Intuition. Ich habe die Wasserflasche vom Rednerpult gesichert, damit keine Beweise vernichtet werden, falls es sich um einen Giftmord handelt. Außerdem dachte ich, dass Sie hier alle möglichen Zeugen an einem Ort versammelt haben. Sie können Ihre Befragungen also konzentriert durchführen, ohne sich die Hacken abzulaufen." Gewinnend lächelte sie ihn an.

„Gar nicht so schlecht", stimmte Mats anerkennend zu. „Also gut, dann wollen wir mal. Wer hat die Flasche auf dem Pult bereitgestellt?"

„Weiß ich nicht", antwortete Emilia. „Aber die Frau dort ist Franziska Hofstetter. Sie hat die Gala für ihren Vater organisiert und weiß das bestimmt."

„Gut, befragen wir sie als Erstes." Wie selbstverständlich bezog Mats sie ein, worüber sie sich heimlich freute.

„Franziska", sprach Emilia die neue Freundin an. „Das ist Kommissar Mats Sommerfeld. Er würde gerne zuerst mit Ihnen sprechen."

Franziska nickte geflissentlich. „Gerne. Natürlich. Ach, das ist alles so furchtbar. Eine echte Tragödie. Ich bin ganz durcheinander. Am besten setzen wie uns dort an den freien Tisch. Wollen Sie etwas trinken oder sogar essen? Es tut mir so leid, Sie an einem Samstagabend behelligen zu müssen, aber Emilia meinte, wir sollten keine Zeit verlieren, falls sich ihr Verdacht bestätigt. Halten Sie es für möglich, dass mein Vater einem Mordanschlag zum Opfer gefallen ist?"

Emilia legte die Hand auf Franziskas Arm, um ihren Redefluss zu stoppen. „Beruhigen Sie sich, meine Liebe. Genau das will der Kommissar ja herausfinden."

Die Angesprochene nickte. Mats ließ sich ein Wasser einschenken, lehnte jedoch etwas zu essen ab. „Also Frau Hofstetter. Beginnen wir mit der Wasserflasche. Wer hat die für Ihren Vater bereitgestellt?"

„Das war ich", erklärte die Gefragte.

Emilia zog eine Augenbraue hoch, schwieg jedoch. Sollte sie sich mit ihrer These so gewaltig irren? Oder mit ihrer Einschätzung von Franziska Hofstetter? In ihr hatte sie bislang keine Mordverdächtige vermutet.

„Gibt es dafür einen Grund?", wollte Mats wissen. „Wäre das nicht eigentlich Aufgabe des Servicepersonals?"

Franziska nickte unglücklich. Offensichtlich wusste sie, worauf der Kommissar hinauswollte. „Ja, aber Sie kennen meinen Vater nicht. Er hat ... hatte stets sehr genaue Vorstellungen. Sein Wasser wollte er still, ungekühlt und in einer verschlossenen Flasche mit Drehverschluss, die er kurz vorher selbst öffnete. Das ist in der Vergangenheit bei derartigen Anlässen häufig schiefgegangen, also legte er es in meine Verantwortung."

„Er scheint viel von Ihnen verlangt zu haben", äußerte Mats mitfühlend.

„Ja, schon immer. Anders waren wir es nicht gewöhnt. Was wollen Sie sonst von mir wissen? Oder möchten Sie erst mit den Gästen sprechen? Ich werde ohnehin bis zum Schluss der Veranstaltung bleiben."

Mats zögerte. „Bitte schildern Sie mir den Ablauf des Abends, bis Ihr Vater zusammengebrochen ist. Überlegen Sie dabei, ob Ihnen etwas Ungewöhnliches, Ungeplantes aufgefallen ist. Es hört sich für mich so an, als hätten Sie diesen Abend minutiös durchstrukturiert."

„Ja, das ist richtig", erklärte Franziska, bevor sie Mats die gewünschten Informationen gab.

Emilia beobachtete die Tochter des Verstorbenen genau. Ihr Bericht schien der Wahrheit zu entsprechen. Weder ließ sie etwas aus, noch dichtete sie etwas dazu. Ihre Stimme zitterte leicht und sie schien zu frieren, obwohl es in dem Raum relativ warm war. Eine leichte Gänsehaut zog sich über ihre Arme und sie erschauderte immer wieder. Ob es daran lag, dass sie den Tod ihres Vaters verkraften musste oder sie selbst darin verwickelt war, konnte Emilia während der sachlich vorgetragenen Fakten nicht einschätzen.

Mats zeigte keine Regung. Auch was in ihm vorging, blieb Emilia vorerst verborgen.

„Gut, vielen Dank", beendete Mats schließlich die Befragung. „Wir werden jetzt mit einigen der Anwesenden sprechen. Können Sie uns eine vollständige Gästeliste zur Verfügung stellen, damit das hier nicht die ganze Nacht dauert? Es handelt sich um eine geschlossene Gesellschaft, oder?"

„Ja, das ist richtig und natürlich unterstütze ich Sie in jeder Hinsicht."

Mats in Husum

Samstag, den 25. Mai

Mats ließ seinen Blick durch den Saal schweifen. Für einen Moment verfluchte er Emily Andersons Eifer. Er hätte jetzt entspannt mit Jannis in einer Burgerbude sitzen und ein Helles zischen können. Stattdessen befand er sich mit knurrendem Magen inmitten einer Horde feiner Pinkel, die ihren Wohlstand zur Schau stellten und sich nebenbei die Mägen vollschlugen.

Die bevorstehenden Befragungen würden das reinste Stochern im Nebel sein. Außer der Wasserflasche, deren Inhalt möglicherweise mit Gift versetzt war, gab es keinen Hinweis auf ein Kapitalverbrechen. Und damit keinen Ansatz für Vernehmungen. Was sollten die Anwesenden bezeugen? Würden sie überhaupt irgendwelche Verdächtigungen äußern? Die Reichen hielten schließlich immer zusammen. Oder war das ein Vorurteil?

Egal! Seine eigene Meinung spielte keine Rolle. Er musste es jetzt durchziehen. Zumindest für eine oder zwei Stunden. Am besten fing er mit den Angehörigen an oder sollte er die bis zum Schluss aufheben und ihnen damit ein wenig Zeit lassen, sich an den Tod des Vaters beziehungsweise des Ehemannes zu gewöhnen? Grimm wäre weniger rücksichtsvoll vorgegangen, aber er war auf sich gestellt. Also konnte er allein über die Vorgehensweise entscheiden.

„Kommen Sie. Stürzen wir uns in Getümmel. Ich weiß, es sieht wie ein Datenalptraum aus, aber wir müssen bestimmt nicht mit allen schnacken“, forderte Emily ihn gut gelaunt auf. Sie war natürlich in ihrem Element und vermutlich froh, dem langweiligen Small Talk zu entkommen.

Nein! Das war ungerecht. Es hörte sich an, als würde sie sich über den Todesfall freuen, weil der Abend dadurch an Spannung gewann. So hatte er sie nicht kennengelernt. Eher wunderte er sich, sie überhaupt auf einer Spendengala zwischen all diesen Reichen anzutreffen. Natürlich konnte er die Einkommenssituation des Autorenpaares nicht beurteilen, hatte sich darüber bislang auch keine Gedanken gemacht. Großherzig war sie dagegen bestimmt.

„Also, was ist nun? Gehen wir?“, wiederholte sie ihre Aufforderung.

„Auf geht´s“, nickte Mats. „Was wissen Sie über die Familie?“

„Nicht viel. Ich habe Franziska erst vor Kurzem bei einer Lesung kennengelernt. Allerdings wirkte es, als wäre keiner von denen gerne hergekommen – und ich habe vorhin Spannungen zwischen den Geschwistern gespürt. Dabei handelt es sich zwar lediglich um einen flüchtigen Eindruck, aber vor dem Hintergrund des Todesfalles ist das vielleicht trotzdem von Bedeutung.“ Wie immer gab sich Emily selbstbewusst.

„Fangen wir mit den Gästen an, die einen Blick auf das Rednerpult haben. Zu Beginn werde ich einfach fragen, wie deren Beziehung zu Max Hofstetter war, wie lange sie ihn kannten und ob jemandem etwas Ungewöhnliches aufgefallen ist.“

„Sie meinen, ob jemand die Wasserflasche angerührt oder ausgetauscht hat.“

„Ja, zum Beispiel. Wir müssen offen für alles sein“, bestätigte Mats. „Kennen Sie einige der Anwesenden? Ehrlich gesagt wundere ich mich ein wenig, Sie hier anzutreffen.“

„Das nehme ich mal als Kompliment“, erwiderte Emily lachend und erklärte ihm, wie sie zu der Einladung gekommen war.

„Okay, dann müssen wir uns auf unsere Menschenkenntnis verlassen. Kommen Sie, fangen wir dort drüben an.“ Mats nahm eine Frau ins Visier, die in ihrem Lachs herumstocherte und dabei auf den Mann zu ihrer Linken einredete. Ihr Blick und ihre Körperhaltung sagten: Lass uns endlich hier verschwinden - wenn auch in vornehmerer Ausdrucksweise - was dieser jedoch völlig ignorierte. Mats folgte seinem Bauchgefühl. Vielleicht hatte dieses Paar etwas zu sagen.

„Moin, Kommissar Mats Sommerfeld“, stellte er sich kurz darauf vor. „Und das ist Emily Anderson.“

Während der Mann einfach weiteraß, bedachte die Frau ihn mit einem abschätzenden Blick.

„Ja, bitte?“

„Ich komme von der Husumer Polizei und möchte Sie um Ihre Unterstützung bitten. Sind Sie mit Max Hofstetter befreundet?“

„Befreundet? Mit dem? Nein, wo denken Sie hin?“, erwiderte die Frau mit einem heftigen Kopfschütteln, das sowohl ihre Frisur als auch den recht protzigen Ohrschmuck in Bewegung brachte. „Max ist ein Emporkömmling erster Güte. Man hat ihm seine einfache Herkunft immer angemerkt. Wissen Sie: Die Grundsteine werden bereits in der Kindheit gelegt. Das kann man mit späterem Erfolg nicht wettmachen. Klar, er hatte sich einen gewissen Wohlstand erarbeitet, aber altes Geld ist natürlich etwas anderes.“

„Hören Sie nicht auf meine Frau“, mischte sich ihr Mann in das Gespräch ein und legte seine Gabel mit einem bedauernden Blick auf den halb leergegessenen Teller beiseite. „Jeder, der nicht mit einem goldenen Löffel im Mund geboren wurde, hat für sie kaum eine Daseinsberechtigung. Diese Einstellung konnte ich ihr in dreißig Jahren Ehe nicht austreiben. Aber ich gebe die Hoffnung nicht auf!“

„Herbert!“, zischte sie ihn an. „Wie kannst du nur?“

„Entspann dich, Gerlinde“, antwortete dieser unbeeindruckt. „Die Kommissare wollen uns kaum verhaften, oder etwa doch?“, wandte er sich an Mats und ließ ein schallendes Lachen hören, das angesichts des Toten unangemessen schien.

Gerlinde kräuselte ihre Lippen und setzte zu einer Erwiderung an, schwieg jedoch.

„Max ist ein super Typ, der es aus eigener Kraft geschafft hat. Dabei hat er nie mit seinem Reichtum geprotzt und immer viel gegeben.“

„Kennen Sie ihn schon lange?“

„Das kann man wohl sagen“, nickte Herbert zustimmend. „Kennengelernt haben wir uns beim Fußball. Ja, das können Sie sich vielleicht nicht vorstellen, aber wir waren damals beide sehr sportlich und aktiv. Später haben uns die Geschäfte davon abgehalten. Trotzdem haben wir es drei- oder viermal im Jahr geschafft, uns zu einer illustren Skatrunde zu treffen.“

Gerlinde verzog das Gesicht. Auch das schien ihr nicht zu passen.

„Wollen Sie etwas ergänzen?“, forderte Mats sie heraus.

„Diese Abende sind die reinsten Saufgelage“, erklärte sie missbilligend.

„Nun halt dich mal zurück“, verlor Herbert seine gute Laune. „Männer, die Karten spielen, trinken eben ein paar Bierchen und Schnäpse dazu. Du tust ja gerade so, als würden wir uns ständig volllaufen lassen. Ich mosere schließlich auch nicht herum, wenn du deine feinen Damen zum Champagnerfrühstück triffst.“

Ganz offensichtlich brodelte es hinter der feinen Fassade. Allerdings wollte Mats etwas über Hofstetter herausfinden, also wechselte er das Thema: „Wann sind Sie hier angekommen? Haben Sie Ihre Plätze bereits eine Weile vor der Rede des Gastgebers eingenommen?“

„Worauf wollen Sie hinaus?“, fragte Gerlinde.

„Donnerlittchen!“, entfuhr es Herbert. „Jetzt fällt bei mir der Groschen! Ich dachte, Max hätte einen Herzanfall oder so etwas erlitten, aber Sie gehen von einem Anschlag aus.“

„Zumindest wollen wir Sie zu Ihren Beobachtungen zu befragen, falls sich diese These bewahrheitet.“

„Wow! Ich war noch nie Zeuge eines Mordanschlages!“, rief Herbert geradezu begeistert aus. Seine nicht beendete Mahlzeit schien vergessen.

„Reiß dich zusammen!“, fuhr Gerlinde ihn an. „Eben hast du von eurer Freundschaft geschwärmt und jetzt führst du dich wie ein Kind auf dem Jahrmarkt auf.“

„Entschuldigung!“ Herberts Stimmung kippte. „Da habe ich mich wohl gerade vergessen.“ Betroffen senkte er den Kopf. „Wie können wir Ihnen helfen, Herr Kommissar?“

„Haben Sie Max Hofstetter vor der Rede gesprochen?“

„Nein. Er erscheint immer erst mit dem Betreten des Podiums. Das ist jahrelange Tradition.“

„Haben Sie etwas Ungewöhnliches beobachtet?“

„Was meinen Sie damit?“

„Wenn ich Sie richtig verstehe, kommen Sie seit Jahren zu dieser Veranstaltung“, mutmaßte Mats.

„Ja, das stimmt. Max´ Gala lassen wir uns nicht entgehen.“

„War dieses Mal etwas anders als sonst?“

„Hhm, da muss ich mal überlegen. Nö, eigentlich war alles wie immer. Franziska hat die Gäste in Empfang genommen, wir sind mit Champagner versorgt worden und haben Small Talk betrieben, bis der Saal etwas verdunkelt wurde. Das ist immer das Zeichen, dass Max kurz darauf auf der Bühne erscheint und die Spendenwilligen mit einer mitreißenden Rede begrüßt, die natürlich die Brieftaschen der Anwesenden für seine sozialen Projekte öffnen soll. Der Ablauf auf der Bühne variiert in jedem Jahr, da lassen sich Franziska und Max immer was Neues einfallen. Ich war darauf sehr gespannt!“

„Das will der Kommissar bestimmt nicht wissen“, maßregelte Gerlinde ihren Mann, was ihr keine Sympathiepunkte einbrachte. „Das führt zu nichts! Was sollen wir denn beobachtet haben? Wenn Sie nach Verdächtigen suchen, sollten Sie sich mit seinen verdorbenen Kindern unterhalten.“

„Seinen verdorbenen Kindern?“, wiederholte Mats. „Was meinen Sie damit?“

„Ach, die sind alle scharf auf das Vermögen. Im Ansatz kann ich das sogar verstehen. Max hat sie viel zu kurzgehalten. Sein Engagement für unterprivilegierte Kinder in allen Ehren, aber doch nicht auf Kosten der eigenen Kinder. Klar, dass die sich benachteiligt fühlen und einen Weg suchen, an ihren Anteil zu kommen.“

„Mit seinen erwachsenen Kindern werden wir natürlich ebenfalls sprechen. Trotzdem würden wir gerne wissen, ob Sie etwas gesehen haben. War kurz vor Veranstaltungsbeginn jemand auf der Bühne?“

„Ich habe da nur den Techniker gesehen, der sich ums Licht und den sagenhaften Geldregen gekümmert hat“, antwortete Herbert.

Mats warf Emily einen kurzen Blick zu, die sich bislang komplett im Hintergrund gehalten hatte. Sie nickte und erklärte in kurzen Worten, was Herbert meinte.

„Genau, damit haben sich die beiden selbst übertroffen“, schwärmte dieser und schien den tragischen Tod seines Freundes bereits wieder verdrängt zu haben, was Mats etwas befremdlich fand.

„Hat sich der Techniker am Pult zu schaffen gemacht?“

„Ja, klar. Er hat die Akustik gecheckt.“

„Wann war das?“

Herbert warf einen hilfesuchenden Blick zu seiner Frau.

„Das muss so gegen zwanzig nach sechs gewesen sein. Wir waren bereits sehr früh hier, die meisten Gäste sind erst ab halb sieben eingetroffen. Für uns ist es angenehm, die Atmosphäre des Saals aufzunehmen, bevor er mit Stimmengewirr gefüllt wird.“

Mats speicherte die Informationen und nahm sich vor, den Techniker zu überprüfen. Allein hatte er vermutlich kein Motiv, aber immerhin konnte es sich bei ihm um einen Helfershelfer handeln.

„Stand zu dem Zeitpunkt bereits eine Wasserflasche auf dem Rednerpult?“

„Darauf habe ich nicht geachtet“, antwortete Herbert. „Du?“, wandte er sich an seine Frau.

„Ist Max etwa vergiftet worden? Du liebe Güte!“

„Das wissen wir nicht. Bitte beantworten Sie meine Frage.“

„Sicher bin ich mir nicht, aber es könnte sein. Franziska ist sehr gut organisiert. Sie hat sie bestimmt früh dort hinstellen lassen, damit es nicht vergessen wird. Aber genau weiß ich es nicht.“

Mats war unzufrieden mit der Befragung. Irgendwie führte das zu nichts. Sie wussten ja noch nicht einmal, ob es sich überhaupt um einen Mordanschlag handelte. Seine Zweifel an der Vorgehensweise verstärkten sich, allerdings wollte er keinen Fehler machen und die Chance der Zeugenbefragung vor Ort verpassen. Je länger ein Ereignis zurücklag, desto ungenauer wurden die Aussagen. Tapfer setzte er seine Strategie fort.

„Haben Sie sonst jemanden in der Nähe des Rednerpultes gesehen?“

„Nein, nur den Techniker und Franziska. Sie überprüft kurz vorher immer alles ganz genau.“

„Okay, ich danke Ihnen. Hier ist meine Karte. Wenn Ihnen noch etwas einfällt, melden Sie sich bitte bei mir.“

„Das machen wir gerne“, bestätigte Herbert geflissentlich, bevor er sich wieder seiner kalt gewordenen Mahlzeit widmete. Erstaunlich, dass ihm der Appetit nicht vergangen war.

Mats setzte die Befragung an weiteren Tischen fort, kam aber zu keinem weiteren Ergebnis. Als er schließlich mit der Familie sprechen wollte, hatte diese den Saal bereits verlassen. Auch gut. Gönnte er ihnen ein bisschen Ruhe, um den Tod des Familienoberhauptes zu verkraften.

Emilia in Friedrichstadt

Sonntag, den 26. Mai

Den gesamten Sonntag dachte Emilia über den Vorfall und die anschließenden Befragungen nach. Sollte sie sich getäuscht haben? War sie lediglich Zeuge eines natürlichen Todes geworden? Niemand hatte etwas Verdächtiges beobachtet und Streit gab es schließlich in fast allen Familien, egal ob arm oder reich.

Piet hatte am Samstagabend geduldig auf sie gewartet, wollte sich den Sonntag allerdings nicht mit irgendwelchen Spekulationen verderben. Also war sie mit ihren Überlegungen auf sich allein gestellt.

Sie widerstand der Versuchung, der Familie am Sonntag einen Kondolenzbesuch abzustatten. Bestimmt hätte

Franziska Emilias Anwesenheit als tröstlich empfunden, aber gleichzeitig kam es ihr sehr übergriffig vor, so kurz nach dem tragischen Ereignis bei der trauernden Tochter vor der Tür zu stehen. Außerdem hoffte sie auf schnelle Ergebnisse der Analyse des Flascheninhalts, die Mats ihr bestimmt mitteilen würde. Ausgerüstet mit entsprechenden Fakten könnte sie viel mehr bewirken.

Am Nachmittag entsprach sie Piets Wunsch, mit ihm einen ausgiebigen Spaziergang durch Friedrichstadt entlang der Treene zu unternehmen. Es handelte sich dabei um eine liebgewonnene Routine und stellte einen Ausgleich zu dem langen Sitzen dar, das ihr Job nun mal mit sich brachte. Auch abends drehten sie oft eine kleine Runde durch die Innenstadt oder verbanden sie mit der Besorgung von Kleinigkeiten des täglichen Bedarfs. Da es ohnehin ein wenig nieselte - nordisches Schmuddelwetter eben - hätte Emilia nichts dagegen gehabt, den Nachmittag am Computer zu verbringen, um über das Leben von Max Hofstetter zu recherchieren, aber Piet blieb ausnahmsweise hart.

„Emilia, wir sind beide keine Sportskanonen, aber auf diese regelmäßige Bewegung an der frischen Luft sollten wir nicht verzichten. Du weißt, was Dr. Jakobi uns empfohlen hat.“ Piet guckte ihr eindringlich in die Augen.

Sie wusste genau, was jetzt folgen würde, wenn sie stur blieb. Auf eine Wiederholung der Vorhaltungen ihres Hausarztes konnte sie gerne verzichten. Und schließlich hatten beide Männer recht. Früher konnte sie von sportlichen Betätigungen nicht genug bekommen, aber heute fand sie andere Sachen spannender.

„Lass uns den großen Schirm nehmen und am Ende unserer Runde irgendwo eine schöne Tasse Tee trinken“, versuchte Piet es weiter mit sanfter Überredungskunst.

„Ach, den trinke ich lieber hier zu Hause. Unterstützt du mich dafür bei einer abendlichen Recherche über den Toten?“, schlug sie einen Handel vor.

„Das mache ich gerne“, stimmte Piet sofort zu.

„Wirklich?“ Emilia war überrascht.

„Sonst lässt du ja ohnehin nicht locker“, schmunzelte er. „Aber nun komm. Unter zwei Stunden gebe ich mich nicht zufrieden.“

„Du bist heute wirklich unerbittlich“, gab sich Emilia geschlagen. Auch wenn sie sich erst aufraffen musste, genoss sie diese Auszeiten mit Piet. Im Laufe der Jahre hatten sie jeden Winkel des kleinen Holländerstädtchens erkundet, fanden es aber trotzdem herrlich, wenn sie erst einmal unterwegs waren.

Während des Spaziergangs unterhielten sie sich über andere Themen, was Emilia schwerfiel. Nach ihrer Rückkehr konnte sie es kaum abwarten, endlich ihr Notebook hochzufahren und die Recherche über Max Hofstetter zu beginnen. Sie überließ Piet das Kochen des Tees und stürzte sich in die Arbeit.

Am gestrigen Abend waren ihr als mögliche Verdächtige zuerst die erwachsenen Kinder in den Sinn gekommen, weil Franziska kurz angedeutet hatte, dass es einige Konflikte in der Familie gab. Leider konnte sie sich an den genauen Wortlaut der Bemerkungen nicht mehr erinnern. Der Sache würde sie später auf den Grund gehen.

Jetzt wollte sie ihren Fokus auf mutmaßliche Täter außerhalb des engsten Familienkreises lenken. Ein so erfolgreicher Unternehmer wie Max Hofstetter hatte sicherlich Neider oder Kontrahenten, die ihm kaum wohlgesonnen waren. Es galt herauszubekommen, ob es wirkliche Feinde gab, die ihm möglicherweise nach dem Leben trachteten.

Im Anschluss an ihre Internetrecherche konnte sie außerdem Franziska dazu befragen.

In der Regenbogenpresse fand sie zahlreiche Artikel, in denen sein soziales Engagement gelobt wurde. Hofstetter hatte allerdings nicht nur gespendet, sondern seine Projekte mit ganzen Fotostrecken oder sogar Filmen PR-mäßig ausgeschlachtet. Tue Gutes und rede darüber. Das war nicht weiter verwerflich, hatte aber trotzdem einen Beigeschmack, weil es ihm scheinbar neben der Sache auch sehr auf Außenwirkung angekommen war. Emilia vermutete, dass es mit seiner Herkunft zusammenhing, aber vielleicht gab es dafür andere Gründe. Sie notierte sich ein paar Stichworte zu einzelnen Projekten, bevor sie sich auf die Wirtschaftsnachrichten konzentrierte.

Gab es Wettbewerber, mit denen er im Clinsch lag oder sonstige Probleme, die seine Person oder Firma betrafen? Gut möglich, dass die Familie darüber gar keine Kenntnis hatte. Insofern war Emilia auf ihre eigene und gegebenenfalls Piets Recherche angewiesen. Ihr Mann war ein echter Rechercheprofi. Was sich in den Tiefen des Internets befand, Piet fand es garantiert. Noch hantierte er allerdings in der Küche. Vermutlich bereitete er bereits ein Abendessen vor. Das gehörte ebenfalls zu seinem sonntäglichen Vergnügen und Emilia freute sich darüber, verwöhnt zu werden.

„Na, bist du dem Mörder bereits auf den Fersen?“, fragte Piet etwas spitz, stellte aber versöhnlich einen großen Pott Tee auf ihren Platz.

„Nee, leider habe ich bisher überhaupt nichts Verwertbares gefunden“, musste Emilia zugeben. „Privat scheint er ein echter Saubermann gewesen zu sein. Im Netz kann ich zumindest nichts Anstößiges finden. Keine Affäre, keinen Skandal – nur sein Sohn Krischan schlägt immer mal wieder über die Stränge. Es zeigt sich gerne mit wechselnden Begleiterinnen. Viele von denen arbeiten als Model oder so. In der Drogenszene ist er ebenfalls aufgetaucht."

„Er dealt?", fragte Piet erstaunt.

„Hhm. Das weiß ich nicht. Ich kann aber Mats fragen, ob er aktenkundig geworden ist. Nach diesen Presseberichten konsumiert er selbst Marihuana und irgendwelche Pillen. Ob er ernsthaft abhängig ist, geht daraus nicht hervor."

„Das wäre immerhin ein Motiv, um möglichst schnell an das Geld des Vaters heranzukommen", überlegte Piet.

„Ja. Jedenfalls, wenn ein entsprechendes Testament vorliegt."

„Ui! Glaubst du etwa, Max Hofstetter könnte seine Kinder enterbt haben? Würde er mit seinem sozialen Engagement so weit gehen?"

„Wie soll ich das wissen? Ich habe ihn genauso wenig gekannt wie du", entgegnete sie etwas ungehalten.

„Ich dachte, du hättest etwas darüber herausgefunden."

„Du willst dich wohl unbeliebt machen", erwiderte Emilia. „Ich habe schließlich keinen Zugang zu seinem Testament. Im Übrigen bist du unser Rechercheprofi. Vielleicht findest du etwas dazu heraus."

Piet lächelte. „Trink erst mal deinen Tee. Ich wollte dich nur ein wenig foppen und dir vor Augen führen, dass diese Informationen sowieso alle gefiltert sind. Du kennst die Journalisten aus eigener Erfahrung. Die schreiben, was ihnen in den Kram passt."

„Ich möchte trotzdem nicht nur untätig herumsitzen, sondern möglichst etwas herausbekommen. Unterstützt du mich wie versprochen?"

„Natürlich!"

„Gut."

„Dir ist aber klar, dass wir gar nicht wissen, ob es sich überhaupt um einen Mord handelt?“

„Ja, ich bin trotzdem davon überzeugt. Die Recherche wird nicht umsonst sein.“

Emilia sah sein nachsichtiges Lächeln. Er kannte sie einfach. Wenn sie sich etwas in den Kopf gesetzt hatte, ließ sie sich nicht so leicht davon abbringen. Weder von Piet noch von jemand anders.

„Aber gönn dir eine kurze Pause und genieß den Tee“, forderte er sie auf.

„Gern. Ich danke dir.“ Sie nahm einige Schlucke. „Lecker!“

„Bisher hast du also die Regenbogenpresse durchforstet“, nahm Piet den Faden wieder auf. Vermutlich spürte er Emilias Ungeduld.

„Ja, genau. Ich wollte jetzt mit Nachrichten aus der Wirtschaft weitermachen.“

„Gute Idee“, bestätigte Piet. „Was hat er eigentlich produziert?“

„Alles Mögliche, was der chemischen Industrie zuzuordnen ist“, erklärte Emilia. „Wenn ich es richtig verstanden habe, liegt der Schwerpunkt auf Düngemitteln, aber auch Pestizide.“

„Oh, da könnte es Gegenwind von Umweltschützern gegeben haben.“

„Ja. Aber die werden ihn kaum umgebracht haben“, widersprach Emilia vehement.

„So hatte ich es nicht gemeint. Trotzdem eine brisante Branche, die einiges an Zündstoff bietet. Wie umsatzstark ist seine Firma? Gerade in diesem Bereich gibt es richtig große Mitbewerber, die ihn möglicherweise sogar schlucken wollten, wenn er einen entsprechenden Marktanteil hat. Vielleicht finden wir ein Übernahmeangebot.“

Erfreut registrierte Emilia, dass Piet ebenfalls vom Ermittlungsfieber gepackt war. „Ich überlasse dir gerne die Tastatur und lege meine Beine ein wenig hoch. Dann kann ich den Tee noch besser genießen."

„Dieser Vorschlag hätte von mir kommen können", schmunzelte Piet und nahm auf dem Stuhl vor dem Laptop Platz. „Na, dann wollen wir mal."

Emilia nahm währenddessen in ihrem Ohrensessel Platz, der zusammen mit dem Hocker kaum an Bequemlichkeit zu überbieten war. Sie schloss die Augen und dachte über das nach, was sie bisher in Erfahrung gebracht hatte. Besonders ergiebig schien es nicht, aber es war immerhin ein Anfang. Und Piet würde bestimmt auch etwas herausfinden.

„Na, das ist ja ein Ding", schreckte er sie kurz darauf aus einem wohligen Schlummer. „Tatsächlich scheint es ein Unternehmen zu geben, das Hofstetter ein Kaufangebot gemacht hat."

„Wirklich? Und darüber gibt es einen Bericht in der Presse?", fragte Emilia erstaunt.

„Ja, der Interessent ist wohl genauso redselig wie überzeugt von sich und seiner Strategie. Vor circa zwei Wochen hat er sich mit seinem Ansinnen an die Medien gewandt."

„Das ist eher ungewöhnlich. Normalerweise werden solche Übernahmen hinter verschlossenen Türen verhandelt und der Öffentlichkeit erst nach erfolgreichem Abschluss präsentiert", wunderte sich Emilia.

„Genau", bestätigte Piet.

„Was könnte dahinterstecken?"

„Keine Ahnung", erklärte Piet, ohne den Blick von dem Bildschirm zu nehmen.

„Und? Hat die Übernahme bereits stattgefunden?"

Das würde ein ganz anderes Licht auf die Angelegenheit werfen.

„Ich suche noch. Du erfährst es als Erste", murmelte er.

„Wie heißt der Interessent denn?", wollte Emilia wissen, obwohl ihr die Information vermutlich nicht viel nützte.

„Henning Voss."

„Nie gehört. Ist seine Firma umsatzstärker als die von Hofstetter?"

„Gib mir ein paar Minuten, dann kann ich dir mehr sagen."

„Okay." Am liebsten hätte sich Emilia selbst wieder an den Computer gesetzt. Allerdings fiel ihr lediglich das Warten schwer. Mehr als Piet würde sie ohnehin nicht herausfinden, also konnte sie sich genauso gut entspannen. Das war allerdings leichter gesagt als getan. Sofort setzte sich ein Gedankenkarussell in Gang. Angenommen Max Hofstetter hätte das Angebot abgelehnt. Könnte er deshalb ermordet worden sein? War dieser Henning Voss davon ausgegangen, dass keiner der Erben die Firma fortführen würde und er dadurch größere Chancen auf den Erwerb des Unternehmens hatte? Vielleicht sogar zu einem niedrigeren Preis als Hofstetter selbst gefordert hätte? Möglich wäre es.

„Kannst du dich erinnern, ob dieser Henning Voss gestern auf der Gala anwesend war?", fragte sie Piet ins Blaue hinaus.

„An meinem Tisch hat er jedenfalls nicht gesessen. Du warst doch die ganze Zeit im Saal unterwegs und hast von den Gästen wesentlich mehr mitbekommen als ich." Es klang ein wenig vorwurfsvoll, obwohl das eigentlich nicht seine Art war.

„Hhm. Mir ist er nicht über den Weg gelaufen, aber wenn er wirklich der Täter war, hat er sich vielleicht früh vom Acker gemacht“, sinnierte Emilia.

„Wenn er wirklich der Täter war?“ Die Bemerkung brachte ihren Mann dazu, vom Bildschirm aufzublicken.

„War nur so eine spontane Idee“, ruderte sie ein wenig zurück und erklärte ihm ihren Gedankengang.

„So abwegig finde ich das gar nicht.“ Piet wiegte seinen Kopf. „Das spornt mich an, mehr über das mögliche Geschäft herauszubekommen.“

Emilia lächelte still in sich hinein. Piet tat zwar immer so, als ob ihn ihre fiktiven Fälle mehr als die realen interessierten, aber wenn es spannend wurde, konnte er nicht widerstehen, sich damit zu befassen. Eine Weile überlegte sie, wer Max Hofstetter außerdem nach dem Leben trachten konnte - nur um sich abzulenken und nicht zu ungeduldig zu werden, aber schließlich hielt sie es nicht mehr aus.

„Und? Hat einer von beiden die große Übernahme ausgeplaudert?“, fragte sie atemlos. Das Scheitern wäre eindeutig ein Mordmotiv.

„Nein. Es ist nichts bekanntgegeben worden. Vielleicht stecken sie mitten in den Verhandlungen.“

„Oder der Deal ist geplatzt und Henning Voss verfolgt gerade eine andere Strategie, an die Firma zu kommen. Ich werde Franziska morgen oder übermorgen einen Besuch abstatten und sie danach fragen“, stellte sie triumphierend fest. „Sie kann mir außerdem sagen, ob er auf der Gästeliste stand.“

„Wenn Voss ihren Vater zum Verkauf gedrängt hat, wurde er nicht auf diese Gala eingeladen“, widersprach Piet prompt.

„Da wäre ich mir nicht so sicher. Immerhin hat er garantiert ein prall gefülltes Konto, so dass Hofstetter auf einen schönen Spendenbetrag spekulieren konnte. Vielleicht hat er es sogar zur Bedingung gemacht und dabei zu hoch gepokert."

„Klingt außergewöhnlich, aber immerhin wissen wir, wie wichtig ihm das Einsammeln hoher Spendenbeträge war."

„So ist es! Man könnte fast behaupten, dass es sich zu einer Manie entwickelt hat. Grab bitte weiter. Ich glaube, Max Hofstetter hat weitere spannende Facetten."

Mats auf Nordstrand

Montag, den 27. Mai

Mats hatte am Sonntag eine ähnliche Recherche wie Emilia und Piet durchgeführt und außerdem im Labor Druck gemacht. Bei möglichen Mordfällen arbeiteten die Kollegen am Wochenende und er wollte die Analyse des Flascheninhalts so früh wie möglich bekommen. Außerdem wurde sie auf Fingerabdrücke geprüft.

Gleiches galt für die Gerichtsmedizin, in die Hofstetters Leichnam gebracht worden war. Mit der neuen Leiterin Lena Lindström verband ihn von Anfang an die gleiche Wellenlänge, das half bestimmt weiter.

Grimm hatte sich am Sonntag nicht gemeldet und er selbst verzichtete auf einen Bericht. Im Grunde gab es ohnehin nichts zu berichten, also konnte er es getrost auf Montag vertagen – in der Hoffnung, dann mehr Fakten präsentieren zu können. Immerhin brauchte er sich weniger spitze Bemerkungen bezüglich der übereifrigen Hobbyermittlerin aus Friedrichstadt anhören. So gern er die Krimis des Autorenduos las und Emily schätzte, war er sich der Tatsache bewusst, mit ihr seine persönliche Miss Marple getroffen zu haben. Was das bedeutete, wusste schließlich jeder. Die Frau war wirklich eine Herausforderung. Da sie sich allerdings bereits als genauso hilfreich erwiesen hatte, gestand er ihr einige Freiheiten zu.

Und dieser Max Hofstetter konnte allemal das Ziel eines Mordanschlags gewesen zu sein. Nach außen schien dessen Weste strahlendweiß; das allein wirkte einigermaßen verdächtig. Niemand war so gut, so sauber und dermaßen ohne Makel. Außer Gandhi vielleicht, aber der stand jetzt nicht zur Debatte. Mats war davon überzeugt, dass der Unternehmer eine dunkle Seite hatte und wild entschlossen, diese aufzudecken. Daraus würde sich bestimmt das Mordmotiv ableiten lassen – er fing an, Emily bei ihrer These zu folgen.

Bevor der Leichnam abtransportiert wurde, hatte der junge Kommissar sich überwunden, einen intensiven Blick darauf zu werfen - allein als abhärtende Maßnahme. Außerdem wollte er seinem strengen Kollegen am Montag möglichst keine Antworten schuldig bleiben. Grimm würde ihn gerne vorführen und ihn nach dem Zustand des Verblichenen befragen. Alles, was ihn überlegen machte, kostete der Ältere aus. So viel war klar.

Mats hatte sich den Leichnam also besonders gründlich angeschaut. Im gleichen Moment war er froh über sein verpasstes Abendessen gewesen. Der Notarzt hatte dem Toten bereits die Augen geschlossen, dafür war Mats dankbar. Bevor er das Podium verließ, wies ihn der Mediziner auf die Schleimhautblutungen des Leichnams hin und erklärte, dabei handele es sich um einen Hinweis auf Kaliumcyanid, also Zyankali. Wenn das Labor das bestätigte, hätte Emily recht. Angespornt von dieser These hatte er sich sogar über den Toten gebeugt, um den möglichen Geruch von Bittermandel zu riechen - wurde jedoch enttäuscht. Der verdächtige Geruch war nicht wahrzunehmen. Sofort stiegen Zweifel in ihn hoch. Seine anschließende Recherche ergab jedoch, dass die meisten Menschen diesen Duft gar nicht feststellen können. Wie es aussah, gehörte er selbst zu dieser Gruppe – und Max Hofstetter hatte ebenfalls nichts davon bemerkt.

Er war in Versuchung gewesen, Emily gleich am Ort des Geschehens in seine Vermutung einzuweihen, ließ es aber bleiben. Er wollte diese vage Vermutung erst bestätigt haben, bevor er mit ihr darüber sprach. Gleiches galt für Grimm. Mats verspürte wenig Lust, sich vor seinem strengen Kollegen lächerlich zu machen, insbesondere wenn Emily in den Fall involviert war.

Am Montag war er früh auf dem Revier, weil er unbedingt vor Grimm eintreffen wollte. Getrieben von der Hoffnung, es könnten bereits die ersten Berichte aus dem kriminaltechnischen Labor und der Gerichtsmedizin eingetroffen sein, wurde er erneut enttäuscht. Wenn bis Mittag nichts passierte, sollte er nach Kiel fahren, um der Obduktion des Leichnams beizuwohnen. Dieses Mal handelte es sich lediglich um einen normalen Toten - auch wenn sich das ziemlich respektlos anhörte – die Brandleiche aus dem letzten Fall hatte ihn schlichtweg überfordert. Das gestand er sich nur ungern ein, aber so war es eben. Und er wollte wissen, womit sie es zu tun hatten.

„Moin Sommerfeld", erscholl die kräftige Stimme seines älteren Kollegen. „Na, was hat Ihr frühes Erscheinen zu bedeuten? Liegt uns wirklich ein neuer Fall vor oder hat sich Ihre Krimifreundin mal wieder zu weit aus dem Fenster gelehnt?"

„Das kann ich noch nicht abschließend beantworten. Einiges weist auf ein Kapitalverbrechen hin. Und Emily Anderson hat bisher immer richtig gelegen, wenn ich mir diese Bemerkung erlauben darf." Mats verkniff sich das Grinsen, das er seinen Worten gerne hinzugefügt hätte.

Grimm überging die letzte Bemerkung und konzentrierte sich auf den möglichen Mord. „Na, dann schießen Sie mal los. Welche Tatbestände gibt es?"

Mats fasste die spärlichen Fakten zusammen und zog fast unwillkürlich den Kopf ein. Natürlich wusste er selbst, dass es lediglich Theorien und Mutmaßungen waren.

„Da bin ich froh, unser Familienfest nicht vorzeitig verlassen zu haben. Das ist so mager, dieser mutmaßliche Fall könnte sich ohne Weiteres als Rohrkrepierer entpuppen. Aber wie ich Sie kenne, haben Sie Ihren Sonntag trotzdem für eine umfangreiche Recherche zu dem Unternehmer und seiner Familie geopfert. Haben Sie etwas Verdächtiges herausgefunden?"

Mats fühlte sich verunsichert. Grimm reagierte wie befürchtet. Er konnte darauf verzichten, weiter vorgeführt zu werden. „Warten wir die Ergebnisse der Experten ab. Wenn es sich tatsächlich als Mord herausstellt, weihe ich Sie ein."

„Wie Sie wollen. Ich habe hier genug Papierkram zu erledigen." Damit sah Grimm das Gespräch als beendet an.

Mats hingegen musste sich beherrschen, nicht minütlich sein eMail-Postfach zu aktualisieren. Stattdessen fasste er sich in Geduld.

Bereits am frühen Mittag wurde er belohnt. Das kriminaltechnische Labor lieferte ein schnelles Ergebnis. Vielleicht war der Nachweis einfach, damit kannte er sich nicht aus. Tatsächlich hatte sich Zyankali in dem Wasser des Redners befunden. Auf der Flasche waren verschiedene Fingerabdrücke nachgewiesen worden. Einige gehörten zu dem Toten, andere zu einer weiteren Person, deren Abdrücke sich nicht in ihrer Datenbank befanden. Hatte der Täter sie etwa hinterlassen? War die Sache so simpel?

Erst mussten sie allerdings diese Person finden!

„Sie grinsen ja wie ein Honigkuchenpferd“, stellte Grimm fest, der ihm offenbar genau im richtigen Moment einen Blick zugeworfen hatte. „Spucken Sie es aus. Haben wir einen Fall?“

„Sieht ganz so aus. Die Flasche enthielt eine 10%-Cyanid-Lösung - wie der Notarzt bereits vermutet hat. Fehlt noch das Obduktionsergebnis, dann können wir loslegen.“ Mats bemühte sich um einen sachlichen Ton, um nicht vor Grimm zu triumphieren.

„Soso, unsere nordfriesische Miss Marple hatte also mal wieder recht.“ Die Tatsache schien ihm wenig zu gefallen.

„Ah, vorhin war es meine Krimifreundin“, konnte sich Mats die Spitze nicht verkneifen.

„Ja, aber irgendwie haben wir sie ja beide an der Backe. Wie dem auch sei. Rufen Sie die Lindström an. Eine derartige Vergiftung kann sie bestimmt schnell bestätigen, ohne die Autopsie abgeschlossen zu haben. Danach setzen wir uns zusammen und planen die weitere Vorgehensweise“, gab Grimm klare Anweisungen.

Während des Telefonats mit Lena Lindström wurde Mats von der bekannten Aufregung erfasst, die er immer spürte, wenn sich ein neuer Fall herauskristallisierte. Und Max Hofstetter war eindeutig mit Zyankali vergiftet worden!

„Ich denke, wir brauchen nicht lange zu schnacken", nahm er den Faden nach Beendigung des kurzen Gesprächs mit der Gerichtsmedizinerin wieder auf. „Lena hat es bestätigt. Am besten fahren wir zu den Angehörigen, überbringen die schlechten Nachrichten und befragen sie im gleichen Zuge zu möglichen Verdächtigen."

„Wenn sie es nicht selbst waren", brummelte Grimm. „Wir brauchen deren Fingerabdrücke."

„Die können wir genauso gut unterwegs nehmen, dafür müssen sie nicht herkommen. Geht heute alles digital", erklärte Mats, obwohl der Kollege das natürlich selbst wusste. Da dieser allerdings gerne an seinen altmodischen Methoden festhielt, konnte es trotzdem nicht schaden.

„Na, dann los", überging Grimm die Spitze. „Haben Sie die Adressen der Familienmitglieder?"

„Jepp, gleich Samstagabend aufgenommen, wie es sich gehört. Fahren wir zuerst zu Franziska Hofstetter, die hat die Gala organisiert."

„Ist sie ledig?"

„Nein, warum?"

„Weil sie den Namen ihres Vaters trägt."

„Ach so, das meinen Sie. Nein, sie hat ihn trotz Ehe behalten. Ihr Mann hat ihren Namen angenommen."

„Neumodischer Kram. Als ob früher alles schlechter war", murmelte Grimm verdrossen.

Mats schluckte eine Erwiderung herunter. Es lohnte sich nicht, darauf einzugehen. Er würde Grimm sowieso nicht ändern.

Knapp zwanzig Minuten später trafen sie bei Franziska Hofstetters Haus nahe Süderhafen auf Nordstrand ein. Sie wohnte mit ihrem Mann in einem schlichten Siebzigerjahre-Bungalow, der eigentlich nicht in die Landschaft passte. Das großzügige Grundstück war von einer hohen Weißdornhecke umgeben, die das Paar vor neugierigen Blicken schützte. Das Tor zum Doppelcarport stand offen, auf der Auffahrt stand ein weiterer Wagen. Offensichtlich hatten sie Besuch. Mats tippte auf Familienmitglieder - vermutlich die Witwe, vielleicht in Begleitung der zweiten Tochter. Das würde ihnen Fahrerei ersparen.

Er schnappte sich seine Tasche mit der technischen Ausrüstung und folgte Grimm zum Eingang.

Franziska Hofstetter öffnete ihnen die Tür. Sie war mit Jeans und Strickjacke salopp gekleidet, dazu trug sie ein dezentes Make-up. Insgesamt wirkte sie gefasst.

„Ja, bitte?“

„Kommissar Mats Sommerfeld. Wir sind uns am Samstagabend kurz begegnet. Das ist mein Kollege Volker Grimm. Dürfen wir hereinkommen?“

Franziska Hofstetter zögerte. „Eigentlich passt es im Moment nicht besonders gut. Meine Mutter ist mit der Situation völlig überfordert. Sie hat sich gerade hingelegt.“

„Das verstehen wir vollkommen. Wir haben allerdings neue Erkenntnisse und müssen dringend mit Ihnen und Ihrer Familie sprechen. Es wird nicht lange dauern“, versprach er, ohne das so genau zu wissen.

„Wenn es sein muss“, gab sie nach und führte die Kommissare in ein geräumiges Wohn- und Esszimmer mit einer breiten Fensterfront, die eine komplette Wand einnahm und den Blick in einen sehr gepflegten Garten freigab. „Darf ich Ihnen etwas zu trinken anbieten?“

„Machen Sie sich keine Umstände", lehnte Mats ab.

„Also gut. Nehmen Sie Platz. Was wollen Sie mit uns besprechen?"

„Wie Sie sich denken können, geht es um Ihren Vater." Mats legte eine Pause ein und suchte nach den richtigen Worten. „Leider hat sich der Anfangsverdacht von Emily Anderson bestätigt."

Grimm ließ ein Grunzen hören, schwieg jedoch. So hätte er es nicht formuliert.

„Er wurde ermordet? Sind Sie sicher?" Franziska Hofstetter wischte sich eine Träne aus dem Augenwinkel. „Das wird es für meine Mutter noch schwerer machen", flüsterte sie. Einen Moment lang starrte sie auf die Tischplatte, dann straffte sie sich. „Bitte erzählen Sie mir alles, was Sie wissen."

Mats wunderte sich ein wenig über die Bemerkung. Natürlich stand die Ehefrau ihrem Mann am nächsten, aber sollte es für die Kinder nicht ein ähnlich großer Verlust sein? Der junge Kommissar beobachtete sie genau, während er die vorläufigen Ermittlungsergebnisse zusammenfasste.

„Zyankali", wiederholte sie langsam. „Wie konnte das nur passieren? Ich selbst habe ihm die Flasche auf das Pult gestellt. Jemand muss sie ausgetauscht haben", überlegte sie laut, bevor sie plötzlich die Augen aufriss. „Oder verdächtigen Sie etwa mich, meinen Vater vergiftet zu haben? Sind Sie deshalb hergekommen? Wollen Sie mich verhaften?" Sie war mit jedem Wort etwas lauter geworden, am Ende überschlug sich ihre Stimme.

„Was ist denn hier los?" Eine junge Frau in seinem Alter hatte den Raum betreten. Mats erkannte Amelie. Seine Vermutung war also richtig gewesen.

„Papa wurde vergiftet und sie verdächtigen mich“, fasste Franziska knapp zusammen.

„Waaaas? Stimmt das?“, wandte Amelie sich an die Kommissare.

„Es ist richtig, dass Ihr Vater vergiftet wurde. In seiner Wasserflasche befand sich eine Zyankalilösung.“

„Und ich habe sie aufs Rednerpult gestellt“, ergänzte Franziska tonlos. „Konnten Sie meine Fingerabdrücke auf der Flasche nachweisen?“

„Es gibt welche. Auch deswegen sind wir hier“, übernahm Grimm.

„Sie wollen unsere Fingerabdrücke nehmen, weil wir unter Verdacht stehen?“, wiederholte Amelie fassungslos. „Wissen Sie, was Sie da behaupten?“

„Ja.“ Grimm ließ sich nicht aus der Ruhe bringen. „Wir können es hier erledigen oder Sie kommen zu uns aufs Revier.“

Franziska und Amelie wechselten einen Blick.

„Du hast ihn umgebracht?“, brach es plötzlich aus Amelie heraus. „Wie konntest du nur? Hast du es alleine geplant oder steckst du mit Krischan unter einer Decke? Ihr wart ja schon immer scharf auf Papas Geld! Ist es das, was du wolltest? Und dann lockst du mich unter dem Vorwand hierher, dass wir nun für Mama da sein sollten! Du widerst mich an!“ Sie erhob sich von dem Sessel, auf den sie sich zwischenzeitlich gesetzt hatte. „Ich bin fertig mit dir. Sieh zu, wie du alleine klarkommst, in so eine Scheiße will ich nicht hineingezogen werden!“

Sie rannte zur Tür, aber Mats war schneller.

„Moment! Niemand hat Ihre Schwester beschuldigt. Wie stehen ganz am Anfang unserer Ermittlungen und müssen alle Familienmitglieder befragen. Bitte setzen Sie sich wieder.“

„Nein, danke. Natürlich beantworte ich Ihre Fragen, aber mit Franziska möchte ich nicht an einem Tisch sitzen. Ich warte dort." Sie zeigte auf den Essbereich. „Ich brauche dringend ein wenig Abstand. Was für eine hinterhältige Schlange. Sich so an Papa heranzuschleimen, um ihn anschließend zu vergiften. Das hätte ich ihr nicht zugetraut!"

Franziska auf Nordstrand

Montag, den 27. Mai

Franziska musste sich beherrschen, um nicht zu schreien oder aus dem Raum zu flüchten. Sie fühlte sich, als würde ihr der Boden unter den Füßen weggezogen. Der Verdacht der Kommissare traf sie hart, aber eindeutig schlimmer war die Tatsache, dass ihre kleine Schwester diesen sofort für bare Münze nahm.

Franziska und Amelie hatten sich nie besonders nahegestanden. Vielleicht war es dem Altersunterschied von sechs Jahren geschuldet, oder dem Umstand, dass Amelie ihr den Status der Lieblingstochter gleich mit ihrer Geburt streitig gemacht hatte. Egal, wie sie sich selbst in all den Jahren abgestrampelt hatte, blieb stets das Gefühl, dass

Amelie die Herzen ihrer Eltern zuflogen, während sie sie immer wieder enttäuschte.

Ja, im Grunde stimmte die Behauptung ihrer kleinen Schwester sogar. Sie hatte jahrelang versucht, ihrem Vater alles recht zu machen, um sich auf diese Weise seine Gunst zu verdienen. Sogar den eigentlich verhassten Job als Lehrerin nahm sie seinetwegen an, obwohl sie die Zeit lieber in einen eigenen Roman gesteckt hätte – auch wenn die Zweifel aller Umstehenden ihr viel Selbstbewusstsein raubten.

Dass Amelie ihr nun die Ermordung des eigenen Vaters zutraute, schlug dem Fass den Boden aus. Mit Vielem hatte sie gerechnet, aber das überstieg alle Befürchtungen. Steckte ihre kleine Schwester etwa selbst dahinter? Niemand würde das sanfte anpassungsfähige Nesthäkchen verdächtigen, das mit der Rolle als Kindergärtnerin sowohl das Wohlwollen ihres Vaters als auch die eigene Erfüllung gefunden hatte. Trog der schöne Schein? Spielte sie ihnen seit Jahren etwas vor, während sie heimlich diesen perfiden Plan schmiedete? Und war Marcel ihr Komplize? Der Mann an ihrer Seite würde sich mit Kusshand an ihrem Familienvermögen bereichern.

Die Überlegungen verliehen Franziska neue Stärke. Sie fasste einen Entschluss: Auf keinen Fall wollte sie sich so einfach geschlagen geben!

„Also gut", brach sie ihr Schweigen. „Nehmen Sie meine Fingerabdrücke. Gut möglich, dass sie mit denen auf der Flasche übereinstimmen. Aber dazu sollten Sie folgendes wissen: Mein Vater bevorzugte diese Marke, von der ich einen Vorrat hier im Haus habe. In der Vergangenheit hatte er über das Servicepersonal immer wieder Wasser bereitgestellt bekommen, das nicht seinen Wünschen entsprach."

„Können Sie das näher ausführen?“, fragte Kommissar Sommerfeld.

„Natürlich. Er wollte eine verschlossene Flasche stillen Wassers, ungekühlt.“ Ein unfrohes Lachen kam über ihre Lippen. „In erster Linie wollte er keine Kohlensäure, um ein Aufstoßen mitten in der Rede zu vermeiden. Stilles Wasser gibt es in der Gastro aber praktisch nur gekühlt. Das schlug ihm auf den Magen. Und die Flasche sollte verschlossen sein, um genau so einen Giftanschlag auszuschließen. Das hat ja wunderbar funktioniert“, fügte sie voller Bitterkeit hinzu.

„Sie haben also die Flasche von hier mitgebracht?“, wollte der Kommissar weiter wissen.

„Ja, aber das bedeutet nicht viel. Es ist eine handelsübliche Marke. Mein Vater hat sie ebenfalls zu Hause. Außerdem war es kein Geheimnis. Jeder gute Beobachter hätte sich so eine Flasche besorgen können.“

„Aber kaum mit deinen Fingerabdrücken“, giftete Amelie aus einigen Metern Entfernung.

„So weit sind wir nicht“, ging Sommerfeld dazwischen, bevor sie selbst etwas erwidern konnte. „Allerdings müssen wir sie von Ihnen allen nehmen. Können Sie Ihre Mutter zu uns bitten?“

„Sie verdächtigen auch unsere Mutter? Oh Mann, wo sind wir denn nur hineingeraten? Mama hat Papa vergöttert und er hat ihr jeden Wunsch von den Augen abgelesen. Warum sollte sie ihn ermorden? Das ergibt wirklich überhaupt keinen Sinn“, regte sich Amelie weiter auf.

So viel Energie hätte Franziska ihr gar nicht zugetraut. Tatsächlich schien sie sich in den letzten Jahren gut verstellt zu haben.

„Ich schaue mal nach ihr“, erklärte sie den Ermittlern. „Inzwischen können Sie sich mit meiner Schwester befassen. Sie scheint heute extrem redselig und energiegeladen zu sein.“

Franziska atmete einmal tief durch, nachdem sie den Raum verlassen hatte. Der Fluchtimpuls wurde übermächtig, aber sie unterdrückte ihn. Es sah ohnehin nicht gut für sie aus. Wenn sie jetzt das Haus verließ, verschlimmerte sie ihre aussichtslose Situation nur. Sie musste sich etwas Besseres einfallen lassen, als einfach abzuhauen. Einen handfesten Plan oder ein Ablenkungsmanöver, um Zeit zu gewinnen.

Erst mal musste sie ihre Mutter davon überzeugen, das Bett zu verlassen und mit den Kommissaren zu sprechen. Würden sie wirklich der trauernden Witwe Fingerabdrücke abnehmen oder wollten sie nur mit ihr reden? Franziska ärgerte sich prompt, nicht genauer nachgefragt zu haben. Die Gesamtsituation schüchterte sie ohne Zweifel ein.

Sie würde auf ihre Mutter einwirken, damit sie diese Befragung, oder was immer das werden sollte, so schnell wie möglich hinter sich bringen konnten. Sie selbst wollte die Kommissare einfach nur loswerden. Danach konnte sie Amelie aus ihrem Haus werfen und Emilia anrufen.

Sie hoffte sehr, dass die Krimiautorin, die ja bereits Erfahrung in der Ermittlung realer Fälle vorweisen konnte, sie in dieser schweren Lage unterstützte! Bestimmt fiel Emilia ein Ausweg ein, immerhin war sie nicht so emotional betroffen wie sie selbst.

Als Franziska den Raum wieder betrat, hatte sich die Atmosphäre geändert. Der junge Kommissar saß bei Amelie am Esstisch vor einem Laptop und nahm ihre Fingerabdrücke.

Franziskas Vorstellung von schwarz gefärbten Fingerkuppen schien der Vergangenheit anzugehören. Trotzdem schlug ihr Herz bis zum Hals, als sie sich dem Schauspiel näherte. Würden die Ermittler sie sofort festnehmen, wenn sie ihre Spuren auf der Flasche nachweisen konnten? Sollte sie einen Anwalt anrufen oder sich dem Prozedere verweigern? Erneut spielte sie mit dem Gedanken, einfach aus dem Haus zu laufen und zu verschwinden. Aber wohin? Und für wie lange? Nein! Sie musste sich der Situation stellen. Schließlich wussten die Polizisten bereits, dass sie ihrem Vater die Flasche bereitgestellt hatte. Da waren ihre Fingerabdrücke schließlich keine Überraschung. Trotzdem quälte sie die Frage, ob das allein für eine Verhaftung ausreichte.

Bereits die Vorstellung würde ihrer Mutter vermutlich den Rest geben. Sie lag im abgedunkelten Gästezimmer und versuchte zu schlafen, was allerdings nur mäßig gelang. Ihre erste Reaktion war Abwehr gewesen, als Franziska sie bat, nach unten zu kommen, um kurz mit den Kommissaren zu sprechen. Nach einigen Überredungskünsten hatte sie schließlich zugestimmt, aber um ein wenig Zeit gebeten.

„Sie wird gleich kommen“, erklärte Franziska, um von ihrer eigenen Person und der damit verbundenen Nervosität abzulenken.

Der Ältere nickte schweigend. Er schien von der modernen Technik fasziniert zu sein, die Mats Sommerfeld routiniert bediente.

„Und?“, fragte Amelie erwartungsvoll. „Meine Fingerabdrücke sind es nicht, oder?“ Es war ihr anzusehen, wie sicher sie sich ihrer Sache war.

Franziska konnte ihre Wut nur mühsam unterdrücken. War das der Lohn der Arbeit, die sie sich alljährlich mit dieser blöden Spendengala gemacht hatte? Wurde sie jetzt zur Mordverdächtigen, während ihre Geschwister aus dem Schneider waren? Am liebsten hätte sie Amelie angebrüllt, um die angestauten Aggressionen der letzten Jahre loszuwerden.

Kommissar Mats Sommerfeld lächelte, was ihre Wut weiter verstärkte. „Nein, von Ihnen sind sie nicht", bestätigte er.

„Wusste ich es doch!" Amelie warf ihr einen triumphierenden Blick zu, der Franziska weiter aufbrachte.

Was sollte das? Was wurde hier gespielt? Hatte ihre kleine, stets so harmlos wirkende Schwester sie ausgetrickst? War sie etwa für den Tod ihres Vaters verantwortlich?

Franziska musste zugeben, es Amelie alleine nicht zuzutrauen. Anders sah es da bei deren Mann aus. Aber war Marcel wirklich ein Mörder? Oder etwa Krischan – was sie erheblich mehr geschmerzt hätte. Steckten vielleicht alle drei unter einer Decke und wollten ihr das Verbrechen anhängen?

„Jetzt bist du an der Reihe", fügte Amelie beinahe lauernd hinzu. Oder bildete sie sich das nur ein?

Der Kloß in ihrem Hals vereitelte eine Erwiderung.

„Komm schon, es tut nicht weh und du musst dir nicht einmal die Hände schmutzig machen", fügte Amelie hinzu.

Plapperte sie nur dumm daher oder war sie sich der Doppeldeutigkeit ihrer Aussage bewusst? Franziska fehlte die Kraft, um irgendwie zu reagieren. Wieder hätte sie ihre Schwester am liebsten aus dem Haus geworfen, aber erst einmal musste sie wohl diese Farce hinter sich bringen. Wenigstens bekam ihre Mutter diese Streitereien nicht mit!

„Kommen Sie, es dauert nicht lange", erklärte Kommissar Grimm unerwartet sanft. Bisher hatte er auf sie eher griesgrämig gewirkt. Er war aufgestanden, nahm behutsam ihren Arm und führte sie zum Tisch.

Der kurze Weg kam Franziska vor, wie der Gang zum Schafott. Sie schloss die Augen und atmete einmal tief durch. „Okay", erwiderte sie knapp. Am besten brachte sie es einfach hinter sich - sie hatte ohnehin keine andere Wahl.

Mats Sommerfeld wartete ebenfalls geduldig neben dem Gerät und nickte ihr aufmunternd zu, während sie Platz nahm, aber zögerte, ihre Finger scannen zu lassen. Erst als sie schließlich die Hand ausstreckte, bemerkte sie ihr Zittern. Das wirkte ja wie ein Schuldeingeständnis! Die Täterin zeigte Nerven und hatte Angst, entlarvt zu werden. Franziska wagte nicht, zu Amelie zu schauen. Sicherlich saß die da, wie die Spinne am Rand des Netzes - bereit, ihre Beute zu verschlingen.

Hätte sie sich dieses Jahr bloß geweigert, diese verdammte Gala vorzubereiten! Sie war kurz davor gewesen, sich gegen ihren Vater aufzulehnen. Immerhin gab es zwei weitere Geschwister, die diese Aufgabe genauso übernehmen konnten! Aber am Ende hatte sie sich nicht getraut und es insgeheim auf das nächste Jahr verschoben. Welch Ironie!

„Nun mach schon", moserte Amelie von der anderen Seite des Zimmers. „Wir wollen damit schließlich nicht den ganzen Tag verbringen. Das Ergebnis steht ohnehin fest. Was gibt es da zu zaudern?"

Kommissar Grimm warf Amelie einen warnenden Blick zu und hob beschwichtigend die Hände. Dann wandte er sich wieder Franziska zu. „Die Fingerabdrücke allein haben nur bedingt Aussagekraft. Trotzdem müssen Sie sie abgeben.“ Noch einmal nickte er ihr wohlwollend zu und Franziska gab sich einen Ruck.

Das Zittern bekam sie trotzdem nicht unter Kontrolle.

„Ist Ihnen an dem Abend sonst etwas Ungewöhnliches aufgefallen? Etwas, das von der üblichen Routine abwich oder Ihnen merkwürdig vorkam?“, fragte Grimm, vermutlich um ihre Anspannung ein wenig zu lockern.

„Ich habe seit Samstag an kaum etwas anderes denken können“, antwortete sie leise, „aber mir fällt dazu nichts ein. Allerdings habe ich vor Beginn der Veranstaltung nicht so sehr auf die Anwesenden geachtet – lediglich, wenn ich sie am Eingang in Empfang genommen und begrüßt habe. Das ist natürlich nicht sehr aussagekräftig“, fügte sie hinzu, bevor er es sagen konnte.

„Aber Sie haben sicherlich den Bereich der Bühne mehrfach überprüft.“

„Ja, nicht nur den. Ich habe etliche Runden durch den ganzen Saal gedreht, um immer wieder zu checken, ob alles an Ort und Stelle ist.“

„Und?“, hakte Kommissar Grimm nach.

Franziska hob die Schultern und ließ sie langsam wieder sinken. „Nichts Ungewöhnliches. Jedenfalls nichts, was auf ... einen Mordanschlag hinwies.“

Der erfahrene Kommissar wiegte den Kopf. Zweifelte er an ihren Worten oder überlegte er lediglich, wie er weiter vorgehen sollte?

Franziskas flaues Gefühl in der Magengrube verstärkte sich. Ohne weiter darüber nachzudenken, legte sie einen Finger nach dem anderen auf den Scanner und war schließlich überrascht, als Mats Sommerfeld sagte: „Das war´s. Vielen Dank, Frau Hofstetter. Können Sie noch einmal nach Ihrer Mutter gucken? Es wäre hilfreich, wenn wir sie heute sprechen.“

Sofort machte sich Unwillen breit. Wenn ihre Mutter nicht kam, gab es dafür sicherlich einen triftigen Grund. Sie selbst fühlte sich unglaublich unter Druck gesetzt und verspürte wenig Lust, diesen gleichermaßen auf die frisch gebackene Witwe auszuüben. Sollte sich jemand anders darum kümmern!

Andererseits wollte sie Amelie nicht den Triumph gönnen, bei dieser Mission erfolgreicher zu sein als sie selbst. War es eigentlich immer so gewesen, dass die Geschwister um alles in Konkurrenz standen? Franziska hatte bislang nicht darüber nachgedacht. Immerhin konnte sie den Raum für eine Weile verlassen. Darüber hinaus wollte sie sowohl die Ermittler als auch ihre verräterische Schwester so schnell wie möglich loswerden. Diese ganze Farce dauerte ohnehin schon viel zu lange.

Gut erzogen, wie sie nun einmal war, klopfte sie leise an die Tür des Gästezimmers. Als sie keine Antwort bekam, wiederholte sie es ein wenig lauter, aber auch darauf erfolgte keine Reaktion. Also drückte Franziska die Klinke herunter. Erstaunt stellte sie fest, dass sich ihre Mutter eingeschlossen hatte. Sie schwankte zwischen Neid und Verärgerung, entschied sich aber schließlich für Verständnis. Genau das, was ihre Mutter nun durchzog, hätte sie selbst am liebsten getan: Sich einfach abschotten und dieser schrecklichen Konfrontation mit möglichen Verdachtsmomenten ausweichen. Und immerhin war Annas Mann gerade gestorben. Das zu verkraften war schwer genug, auch ohne das Misstrauen der Polizei zu spüren und dadurch erniedrigt zu werden, Fingerabdrücke abgeben zu müssen.

Franziska rutschte kraftlos an der Tür herunter und blieb einfach auf dem Boden sitzen. Sie genoss den

Moment des Alleinseins und der Ruhe. Was würde sie dafür geben, jetzt ebenfalls hinter der verschlossenen Tür zu liegen und nicht weiter behelligt zu werden! Bestimmt würde es eine Weile dauern, bis die Kommissare oder Amelie nach ihr schauten – so lange würde sie die Ruhe auskosten und dabei überlegen, um was genau sie Emilia bitten könnte, wenn sie die sympathische Krimiautorin später anrief.

Vielleicht würden sich die Kommissare darüber ärgern, dass sich ihre Mutter der Vernehmung verweigerte, aber das war ihr egal.

Emilia auf Nordstrand

Montag, den 27. Mai

Ärgerlicherweise hatte nicht einmal Piet mehr über den anberaumten Deal zwischen Henning Voss und Maximilian Hofstetter herausbekommen.

Voss war ein umtriebiger Unternehmer, der in mehreren Branchen erfolgreich unterwegs war und häufig kleine bis mittlere Firmen übernahm. Einige integrierte er in sein Imperium, andere veräußerte er weiter. Was er mit der Düngemittel- und Pestizidproduktion von Hofstetter vorhatte, war nicht veröffentlicht worden. Sie passte jedoch in sein Portfolio und würde seine Marktmacht in diesem Wirtschaftszweig verstärken. Insofern lag die Vermutung nahe, dass er stark an einer Übernahme interessiert war und nicht so leicht aufgeben würde. Aber ging er dafür buchstäblich über Leichen? Gehörte er zum Kreis der Verdächtigen? Wenn es sich überhaupt um einen Mord handelte.

Am liebsten hätte Emilia Franziska gleich am Sonntag angerufen – in der Hoffnung, mehr darüber zu erfahren. Piet war jedoch strikt dagegen gewesen und bot ihr in einer kurzen Diskussion ausnahmsweise die Stirn.

„Die Familie hat erst gestern den Vater beziehungsweise Ehemann verloren. Und wenn du mit deiner These recht behältst, auf eine abscheuliche Art und Weise. Das Letzte, was sie jetzt gebrauchen können ...“ Er brach mitten im Satz ab und guckte plötzlich ein wenig schuldbewusst aus der Wäsche.

„Ist eine übereifrige Schnüfflerin, die lediglich ihre Neugier befriedigen will“, ergänzte sie seinen Satz. „Wolltest du das gerade sagen?“

„Nicht mit diesen Worten“, relativierte er ihre Aussage und hatte dabei Mühe, ernst zu bleiben.

„Du weißt genau, dass es nicht den Kern meines Anliegens trifft“, gab sie gespielt beleidigt zurück.

„Nein, schon klar. Du willst nur helfen.“

„Ja, genau!“

„Ich weiß, dass du es gut meinst“, ruderte er ein wenig zurück. „Trotzdem weißt du nicht, wie es bei den Hofstetters ankommt. Du kennst sie kaum und immerhin befinden sie sich in Trauer. Wenn es sich wirklich um Mord handelt, werden sich die Kommissare darum kümmern. Oder Franziska bittet dich um deine Unterstützung“, fügte er versöhnlich hinzu. „Immerhin hast du in Nordfriesland nicht nur als Krimiautorin, sondern ebenfalls als Hobbyermittlerin eine gewisse Bekanntheit erlangt. Gib ihnen Zeit und Ruhe und warte wenigstens ein paar Tage ab. Du könntest dich zwischenzeitlich mit unserem Manuskript beschäftigen."

„Hhm."

„Hast du mir zugehört oder verschwende ich lediglich meine Energie?", fragte Piet etwas spitz.

„Natürlich habe ich dir zugehört."

„Ach ja? Was habe ich gesagt?"

Grinsend wiederholte sie seine Worte. „So leicht bekommst du mich nicht. Und ich gebe dir ausnahmsweise recht. Ich warte ein paar Tage ab und schreibe weiter an unserem Roman. Wenn sich mein Verdacht bestätigt, werde ich es bestimmt erfahren."

„Davon gehe ich ganz fest aus." Piet konnte sich ein Schmunzeln nicht verkneifen.

Am Montag setzte Emilia sich gleich morgens an ihr Manuskript. Natürlich hatte Piet insofern recht, als dass sie die Zeit gut nutzen sollte, bevor es in diesem Fall echten Handlungsbedarf gab. Und sie war sicher, es mit einem Mordfall zu tun zu haben. Mit etwas Glück meldete sich sogar Mats Sommerfeld bei ihr, um sie mit Fakten zum Fortschritt der Ermittlung zu versorgen.

Aber so sehr sie versuchte, sich auf den fiktiven Fall zu konzentrieren, ihre Gedanken schweiften immer wieder ab. Ständig guckte sie auf ihre Uhr oder gedankenverloren aus dem Fenster – und ärgerte sich dabei über sich selbst. Auf diese Weise würde sie weder mit dem einen noch mit dem anderen Fall vorankommen. Und Piet wäre es bestimmt ein besonderes Vergnügen, sie damit aufzuziehen, wenn sie am Ende des Tages nichts vorzuweisen hatte. Das wollte sie ihm keinesfalls so freizügig gönnen. Also riss sie sich schließlich zusammen und schaffte es immerhin, bis zum späten Mittag ihr Tagesziel zu erreichen.

Den Nachmittag verbrachte sie mit Einkäufen und ein wenig Hausarbeit, hauptsächlich um sich abzulenken. Die Versuchung, sich sowohl bei Franziska Hofstetter als auch bei Mats Sommerfeld zu melden, wurde mit jeder Stunde mächtiger. Es kostete sie ihre gesamte Selbstbeherrschung, nicht zu ihrem Smartphone zu greifen. Bestimmt hatten die Kommissare bereits neue Erkenntnisse gewonnen. Würden sie sich bei ihr melden oder musste sie selbst aktiv werden?

Endlich am frühen Abend klingelte ihr Telefon. Sofort warf sie einen Blick auf das Display, um zu sehen, wer sich bei ihr meldete: Franziska!

Dann gab es bestimmt etwas Neues, oder?

„Moin Franziska. Ich freue mich über Ihren Anruf! Wie geht es Ihnen?"

„Emilia! Moin! Gut, dass ich Sie gleich erreiche. Es geht mir überhaupt nicht gut. Genau genommen ist das alles so schrecklich. Ich fühle mich mit der Situation komplett überfordert!" Ihre Stimme klang etwas schrill und drohte sich zu überschlagen.

Emilia erschauderte. Das konnte eigentlich nur bedeuten, dass sich ihr früher Verdacht bestätigte – und die Familie, insbesondere Franziska unter Verdacht geriet.

„Sind Sie noch dran?", unterbrach diese ihre Gedanken.

„Natürlich. Wollen Sie mir erzählen, was genau passiert ist?", fragte Emilia.

„Können Sie zu mir kommen? Ich weiß, es ist viel verlangt, wir kennen uns kaum und Sie haben sicherlich viel zu tun. Aber ich weiß nicht, an wen ich mich sonst wenden soll. Sie haben immerhin Erfahrung mit Kriminalfällen. Ich glaube, ich brauche Ihre Hilfe. Ganz dringend", fügte sie hinzu. Es klang verzweifelt.

Auch ohne diesen dramatischen Appell hätte Emilia nicht lange gezögert. Immerhin bekam sie damit die gewünschte Bestätigung – und wurde endlich involviert.

„Beruhigen Sie sich, Franziska“, entgegnete Emilia.

„Das kann ich erst, wenn ich weiß, dass Sie mir helfen“, flüsterte diese.

„Ja, ich helfe Ihnen gerne. Geben Sie mir Ihre Adresse, dann setze ich mich gleich ins Auto und komme zu Ihnen. Was ist denn passiert?“, konnte sie ihre Neugier nicht mehr unterdrücken.

„Mein Vater ist ermordet worden und ich stehe unter Verdacht. Meine Mutter ist völlig fertig und Amelie scheint das alles gut in den Kram zu passen. Am liebsten würde ich sie sofort rausschmeißen, aber ich glaube, wir sollten miteinander reden. In einem moderierten Gespräch. Können Sie das übernehmen? Wir müssen jetzt als Familie zusammenhalten. Ich habe unseren Vater nicht umgebracht, Emilia. Das müssen Sie mir glauben!“ Es klang eindringlich.

Emilia mochte Franziska, wollte sich aber nicht einwickeln lassen, sondern eine eigene Meinung bilden. Dafür brauchte sie mehr Fakten.

„Wir besprechen gleich alles persönlich. Schicken Sie mir Ihre Adresse und ich werde sehen, was ich tun kann.“

Eine dreiviertel Stunde später erreichte Emilia die genannte Adresse und war erstaunt über die Schlichtheit des Bungalows. Aufgrund des Wohlstands der Familie hatte sie mit einem pompöseren Bau gerechnet. Entweder sprach das für Franziskas Bodenständigkeit oder sie konnte sich nicht mehr leisten und das Haus bestätigte die These, dass Max seine Kinder eher kurzgehalten hatte. Franziskas Mann Holger arbeitete im Vertrieb einer Firma für Medizintechnik, genauere Informationen hatte Emilia nicht gefunden.

Sie stieg aus dem Wagen und ließ ihren Blick durch den Garten wandern, der von einem herrlichen Blütenmeer und dem Summen zahlreicher Bienen erfüllt war. Hier schien jemand viel Zeit und Energie hineinzustecken. Emilia liebte die Farbenpracht des Frühlings, konnte selbst allerdings der Gartenarbeit nicht viel abgewinnen.

„Endlich!“, ertönte eine erleichterte Stimme von der Tür.

„Schneller ging es nicht“, antwortete sie nachsichtig. „Ich bin hart an der Geschwindigkeitsbegrenzung gefahren.“

„Entschuldigen Sie, so war es nicht gemeint. Ich kann es kaum abwarten, endlich mit Ihnen zu sprechen.“ Franziska blickte sie schuldbewusst an.

„Sie haben es herrlich hier“, versuchte Emilia, sie ein wenig aufzulockern. „Haben Sie den grünen Daumen oder ist Ihr Mann für diesen traumhaften Garten verantwortlich?“

„Wir wühlen beide gerne in der Erde“, antwortete sie, hatte aber nur einen flüchtigen Blick dafür übrig. „Lassen Sie uns reingehen. Ich habe ein leichtes Abendessen vorbereitet, wollte mich beschäftigen. Und schließlich müssen wir bei Kräften bleiben.“

Emilia nickte. Piet traf sich heute Abend mit einem Freund und sie hatte an Essen keinen Gedanken verschwendet, verspürte aber ein leichtes Hungergefühl.

„Ich hoffe, dass wir uns dabei friedlich unterhalten können, obwohl ich mich sehr über Amelies Art geärgert habe.“ Kurz weihte Franziska sie in die Vorkommnisse des Nachmittags ein.

„War Ihr Verhältnis immer so angespannt?“, wollte Emilia wissen.

„Ja, eigentlich schon. In den letzten Jahren sind wir uns überwiegend aus dem Weg gegangen. Nur bei Familienfeiern saßen wir am gleichen Tisch, der war aber meistens groß genug, um Konflikten zu entgehen."

„Verstehe. Verletzt es Sie, so von Amelie behandelt zu werden?"

„Verletzen? In erster Linie ärgert es mich", erklärte Franziska aufgebracht. „Und es flößt mir Angst ein", gab sie widerstrebend zu. „Ich möchte nicht für einen Mord ins Gefängnis gehen, den ich nicht begangen habe."

„Wie es aussieht, sind Sie davon weit entfernt, sonst wären Sie bereits verhaftet worden." Emilia hatte sie beruhigen wollen, erreichte mit der Aussage jedoch das Gegenteil.

Franziska zuckte heftig zusammen und kämpfte mit aufsteigenden Tränen. „Allein die Vorstellung ...", flüsterte sie. „Wenn sich so ein Verdacht herumspricht, kann ich meinen Job an den Nagel hängen. Das wird mir jeglichen Respekt bei meinen Schülern rauben!"

„Davon kann gar keine Rede sein. Kommen Sie, wir gehen hinein und widmen uns der vorbereiteten Mahlzeit. Vielleicht sollten wir diese einfach mit Small Talk verbringen und ein möglicherweise konfliktreiches Gespräch erst im Anschluss führen. Was meinen Sie? Eine Pause würde Ihnen sicherlich guttun!"

„Also gut, vielleicht haben Sie recht. Ich bin froh, dass Sie da sind."

„Ich bin dann mal weg", ertönte es von der offenstehenden Tür.

Ruckartig drehte sich Franziska um. Das Gespräch mit Emilia hatte sie gerade ein wenig entspannt, aber sofort stand sie wieder unter Strom.

„Wieso das denn?“, fragte sie fassungslos. „Ich dachte, wir essen zusammen.“

„Schwesterherz. Vorhin wolltest du mich so schnell wie möglich loswerden. Ja, das war dir deutlich anzusehen. Und nun, wo deine Verstärkung eingetroffen ist, mimst du wieder heile Welt. Nein, danke. Mir reicht es für heute. Du kannst erst mal Kriegsrat mit deiner Krimifreundin halten. Nichts für ungut“, wandte sie sich an Emilia. „Wir sehen uns.“ Damit eilte sie zu ihrem Auto und war kurz darauf verschwunden.

„Na, toll. Läuft ja ganz nach Plan“, entfuhr es Franziska.

„Vielleicht soll es so sein. Dann können sich die Gemüter wieder beruhigen. Lassen Sie uns essen und mit Ihrer Mutter sprechen. Die kann sicher ein wenig Unterstützung gebrauchen, eher als ein Streitgespräch zwischen Geschwistern.“

„Da haben Sie allerdings recht, Emilia. Im Grunde fehlt mir dafür ebenfalls die Kraft – und es läuft schließlich nicht weg.“

Anna Hofstetter wirkte blass und teilnahmslos. Sie hatte bereits an dem gedeckten Tisch Platz genommen und starrte auf ihren Teller, vermutlich ohne ihn wahrzunehmen.

„Mama, ich habe Emilia Anderson eingeladen, mit uns zu essen“, versuchte Franziska, sanft zu ihr durchzudringen. „Sie ist eben eingetroffen. Möchtest du sie begrüßen?“

Die Angesprochene hob ihren Blick und straffte sich dabei automatisch, so als wäre sie es gewohnt, in Anwesenheit Fremder die Contenance zu bewahren und keine Schwäche zu zeigen. „Natürlich.“

Emilia näherte sich ihr vorsichtig. „Ich möchte Ihnen mein aufrichtiges Beileid zum Tod Ihres Mannes aussprechen, Frau Hofstetter. Es muss sehr schwer für Sie sein.“

„Es ist unwirklich“, flüsterte sie. „Auch wenn ich seinen Leichnam gesehen habe, kann ich es nicht fassen. Eher habe ich das Gefühl, er würde gleich zur Tür hereinmarschieren und uns fragen, warum wir ohne ihn essen.“

Emilia konnte nur erahnen, wie die Frau sich fühlte. Unvorstellbar, wenn sie Piet verlieren würde. Noch dazu auf so grausame Weise. „Ich wünsche Ihnen viel Kraft“, erwiderte sie.

Es kam ihr wie eine Floskel vor, aber die Witwe nickte mit einem leichten Lächeln. „Das ist sehr freundlich von Ihnen, vielen Dank. Nehmen Sie bitte Platz und nennen mich Anna. In dieser Situation können wir wohl auf Förmlichkeit verzichten.“

„Sehr gerne, dann bin ich natürlich Emilia – oder Emily, was Ihnen lieber ist.“

„Eigentlich habe ich gar nicht viel Appetit, aber Franziska besteht darauf, dass ich etwas esse. Vielleicht schmeckt es in Gesellschaft ein bisschen besser“, erklärte Anna und nahm sich eine Scheibe Brot, die sie mit Käse belegte, aber nicht weiter anrührte.

„Wollen Sie mir etwas über Ihren Mann erzählen?“, fragte Emilia vorsichtig. „Würde Ihnen das helfen?“

„Interessiert es Sie wirklich?“ Anna schien überrascht.

„Ich würde mich sehr freuen, zu erfahren, was für ein Mensch er war. Bisher habe ich lediglich über seinen Erfolg als Unternehmer und seine Großzügigkeit gehört“, tastete sie sich heran und hoffte, damit nichts Falsches zu sagen.

„Ja, das sind die beiden Attribute, die ihn am meisten ausgemacht haben“, erklärte Anna. „Jedenfalls in der Öffentlichkeit“, fügte sie sinnierend hinzu.

Emilia fragte sich sofort, ob die Witwe ihr gleich mehr über den privaten Maximilian Hofstetter berichten würde.

Lag darin das Mordmotiv begründet oder ging es um Geschäftliches? Sie nahm sich fest vor, die beiden Frauen im Anschluss zu Henning Voss zu befragen. Vorerst fasste sie sich in Geduld und hoffte, Anna würde von sich aus mehr berichten.

„Wissen Sie“, nahm diese den Faden wieder auf. „Max wirkte auf Fremde - und wahrscheinlich sogar auf die meisten seiner Freunde - wie ein Mann, der es aus eigener Kraft und einfachsten Verhältnissen geschafft hat.“

„Stimmt das nicht?“, fragte Emilia überrascht.

„Doch, doch. Trotzdem ist das Bild, das alle von ihm hatten, nicht vollständig. Entgegen der vorherrschenden Meinung war er kein glücklicher Mensch, daran änderte auch unsere stabile Ehe nichts. Er war im Gegenteil enttäuscht, dass der Wohlstand und seine eigene Leistung ihm nicht mehr Befriedigung und innere Ruhe verschafften. Max fühlte sich getrieben, jagte ständig größerem Erfolg und mehr Geld hinterher, um das damit verbundene kurzfristige Hochgefühl zu konservieren.“

„Lag darin sein großes soziales Engagement begründet?“

„Möglich. Ja, wenn ich darüber nachdenke, halte ich es für sehr wahrscheinlich. Wie viele Männer hat auch Max nur selten über seine Gefühle gesprochen. Vielleicht hoffte er, dass seine Schützlinge durch diese Starthilfe nicht das Gleiche wie er selbst durchmachen müssen.“ Anna zuckte die Schultern. „Er hat mal so etwas angedeutet.“

„Würden Sie ihn als unglücklich bezeichnen? Oder sogar depressiv?“ Emilia hielt den Atem an.

Anna schien mit ihrer Antwort zu zögern. Überlegte sie, wie viel sie Emilia anvertrauen konnte oder ob sie mit zu viel Information das Bild ihres Mannes in der Öffentlichkeit posthum demontieren würde?

„Nein, depressiv war Max nicht, das hätte ich gemerkt. Eher unzufrieden - und unausgeglichen."

„Wie wirkte sich das auf Ihr Familienleben aus?" Emilia hoffte insgeheim, dass sie mit diesen Fragen nicht zu tief in die Privatsphäre eindrang. Sie warf Franziska einen Blick zu, die dem Wortwechsel aufmerksam lauschte.

„Max sorgte all die Jahre für uns, verlangte im Gegenzuge aber viel. Die Erziehung der Kinder überließ er mir komplett, bis sie ins Teenageralter kamen. Ab dieser Zeit wollte er seine Vorstellungen verwirklicht sehen."

„Hhm, ja, Ihre Tochter hat so etwas angedeutet. Wie verhielt er sich Ihnen gegenüber? Oder ist das zu persönlich?", fragte Emilia vorsichtig.

„In einem Mordfall ist das wohl nicht wichtig." Es klang bitter. „Franziska meinte, dass Sie uns helfen können, beziehungsweise die Polizei bereits mehrfach unterstützt haben. Insofern bin ich froh, dass Sie da sind. Ehrlich gesagt spreche ich über diese Dinge lieber mit einer Frau." Sie legte eine Pause ein und trank einen Schluck Wasser. „Max war mir gegenüber immer sehr großzügig."

Emilia lag eine Frage auf der Zunge, aber sie hielt sich zurück.

„Das ist ganz einfach zu begründen: Mein Mann wusste, dass ich zugunsten seiner Karriere auf meine eigene Berufstätigkeit verzichtet und ihm den Rücken freigehalten habe, wie man so schön sagt. Bei den Kindern wollte er seinem Erziehungsauftrag gerecht werden und sie auf das Leben vorbereiten. Dabei war er in seinen Vorstellungen sehr klar ..."

„Festgefahren", warf Franziska ein.

„Ja, Sie sehen, das Konfliktpotential wirkt bis heute nach, obwohl sie jetzt erwachsen sind und selbst Geld verdienen."

„Bis auf Krischan“, murmelte Franziska, was ihr einen warnenden Blick von Anna einbrachte.

„Meinem Sohn fehlt die Zielstrebigkeit seiner Schwestern. Er ist ein wenig verträumt und nimmt das Leben leicht.“

„Er ist nicht verträumt, sondern faul“, erboste sich Franziska. Plötzlich schienen ihr die Harmonie und der Zusammenhalt der Familie gleichgültig zu sein. „Und du unterstützt das seit Jahren.“

„Halt dich zurück, Franziska“, hielt Anna dagegen. „Was ich mit meinem Geld mache, ist allein meine Sache. Entschuldigen Sie, Emilia, das gehört eindeutig nicht hierher.“

Tatsächlich fühlte sich die Krimiautorin unwohl, Zeuge dieses Wortwechsels zu sein, obwohl es für den Fall vielleicht interessant war. Ganz offensichtlich gab es zwischen allen Familienmitgliedern Konflikte. Trotzdem war es an der Zeit, das Thema zu wechseln. Ihre Chancen standen gut, dass die Frauen, darauf erleichtert reagierten und ihr bereitwillig die gewünschten Informationen gaben.

„Hat Ihr Mann mit Ihnen über geschäftliche Angelegenheiten gesprochen?“

„Hhm, eher selten. Denken Sie dabei an was Bestimmtes?“

Emilia nickte. „Ich habe in der Presse einige Artikel gefunden. Danach gab es Verlautbarungen, dass Ihr Mann seine Firma an einen Geschäftsmann namens Henning Voss verkaufen wollte. Wenn die Angaben stimmen, ist die Übernahme aber an Preisverhandlungen gescheitert. Wissen Sie darüber Genaues?“

„Ja, über diese Angelegenheit hat Max sich sehr geärgert.“

„Was meinen Sie damit?“

„Dieser Voss ist mit einem Übernahmeangebot auf Max zugekommen. Spontan hat mein Mann abgelehnt. Voss ließ sich aber nicht so leicht abwimmeln. Ganz offensichtlich war er sehr interessiert. Darüber hat Max mit mir gesprochen, weil er sich Luft machen musste und es nicht an die große Glocke hängen wollte. Also habe ich ihm geraten, sich die Details anzuhören. Insbesondere den Preis. Ich dachte, es würde vielleicht sein Ego kitzeln und ihn ausgleichen."

„Das hat aber nicht funktioniert?"

„Doch, anfangs schon. Voss nannte ihm eine gewaltige Summe, die nach Maximilians Meinung den Wert seiner Firma sogar überstieg. Das begründete er mit den Synergieeffekten und der steigenden Marktmacht in dieser Branche."

„Das heißt, er hat überlegt, ob er dem Verkauf zustimmen soll?"

„Nein! Max hätte sich nie von seiner Firma getrennt. Sie war sein Ein und Alles. Darüber hat er sich definiert. Der Betrieb war ihm wichtiger als das ganze Geld."

„Und als seine Familie", warf Franziska ein. Es klang verbittert.

„Reiß dich endlich zusammen! Dein Vater ist gerade zwei Tage tot und du wirst ihn nicht mit Dreck bewerfen. Nicht jetzt und genauso wenig später. Auch wenn er nicht immer nach deinen Vorstellungen gehandelt hat, verdanken wir ihm viel. Vergiss das nicht."

„Ihr Mann hat also die Verhandlungen abgebrochen und Henning Voss eine Absage erteilt", fasste Emilia das Gehörte zusammen und lenkte damit von dem aufkommenden Streit ab.

„Ja, genau. Voss war nicht gerade begeistert und hat Max vorgeworfen, seine Zeit verschwendet zu haben."

„Nicht gerade begeistert ist die absolute Untertreibung, Mama. Er war über alle Maßen verärgert und hat Papa mit Konsequenzen gedroht.“

Mats in Husum

Dienstag, den 28. Mai

Mats fühlte sich in Bezug auf die Verweigerung von Anna Hofstetter, mit den Kommissaren überhaupt nur zu sprechen, hin- und hergerissen. Auf der einen Seite brachte er Verständnis für die Witwe auf. Immerhin hatte sie erst am Samstag ihren Mann verloren. Noch dazu auf so furchtbare Art und Weise. Ein Mord war für die Angehörigen grundsätzlich verstörend. Es sei denn, sie waren in das Verbrechen involviert. Na ja, vielleicht sogar auch dann.

Bei der Familie Hofstetter schien es sich nicht gerade um eine harmonische Gemeinschaft zu handeln. Bereits nach der kurzen Zeit zeigten sich zahlreiche Konflikte –

insbesondere zwischen den Geschwistern. Darüber hinaus war deren Verhältnis zu dem verstorbenen Vater ebenfalls problembelastet gewesen. Da ließen sich bestimmt Mordmotive ableiten. Galt das aber genauso für seine Frau? Hatte sich Anna Hofstetter deswegen der Befragung entzogen oder war sie lediglich erschöpft und brauchte Ruhe, um den Verlust zu verkraften?

Mats nahm sich fest vor, es in den nächsten Tagen herauszufinden.

Im ersten Schritt wollte er den zuständigen Richter von der Erteilung entsprechender Durchsuchungsbeschlüsse für die Privat- und Geschäftsräume der gesamten Familie überzeugen. Mats rechnete nicht mit Widerstand, eher mit der typischen Verzögerung, weil alle wieder überlastet waren. Die Zeit bis dahin wollte er unbedingt effizient nutzen. Also hatte er den Abend mit einer Recherche über den erfolgreichen Unternehmer verbracht und war dabei auf einen möglichen Deal zwischen Maximilian Hofstetter und einem gewissen Henning Voss gestoßen. Konnte im Scheitern der Verhandlungen ein Motiv begründet sein?

Als sein Telefon klingelte, hoffte er spontan auf einen Anruf des Richters – was natürlich Blödsinn war, weil der in der Regel eine Mail schickte. Außerdem hatte er den Antrag gerade erst gestellt. So schnell bekam er kaum eine Reaktion. Beim Blick aufs Display spürte er Unwillen aufsteigen. Was wollte Emily schon wieder von ihm? Oder lag sie ihm eine Nasenlänge voraus und hatte etwas herausbekommen, was die Familie ihm verweigerte?

„Moin Emily“, begrüßte er sie mit gemischten Gefühlen. „Haben Sie sich meinen Fall geschnappt?“

Aus den Augenwinkeln konnte er sehen, wie Volker Grimm die Augenbrauen hochzog. Ganz offensichtlich lag ihm eine Bemerkung auf der Zunge, die er allerdings herunterschluckte.

„Oh Mats, so dürfen Sie nicht einmal denken. Ich will Sie lediglich unterstützen! Ach, Sie nehmen mich ja bloß auf den Arm“, fügte sie schließlich hinzu, blieb aber trotzdem ernst. „Ich war gestern Abend bei den Hofstetters ...“

Natürlich! Seine Stimmung kippte in Richtung Gereiztheit und verband ihn für den Moment mit dem älteren Kollegen.

„Tatsächlich?“, war alles, was er herausbrachte.

„Ja, Franziska bat mich um Hilfe.“

Weil sie die Täterin war und sich über die Krimiautorin entlasten wollte?

„Und was haben Sie herausgefunden?“, fragte er und bemühte sich sachlich zu klingen.

„Max Hofstetter hatte ein Übernahmeangebot erhalten.“

„Ja, ich weiß. Von Henning Voss.“ Es klang schroffer als beabsichtigt.

„Oh! Ja, natürlich.“

Mats besann sich. Vielleicht hatte Emily von der Familie etwas erfahren, das nicht durch die Presse gegeistert war. „Erzählen Sie“, forderte er sie knapp auf.

Emily schien erleichtert und berichtete, was sie wusste. Sehr viel mehr war es nicht. Trotzdem bestärkte es den Kommissar, in dieser Richtung weiter zu ermitteln. Er sollte das allerdings mit Grimm besprechen. Immerhin handelte es sich um eine Fahrt nach Hamburg, ein nicht unerheblicher Aufwand, der sich lohnen musste. Oder lag er damit völlig falsch? Nach seinem Bauchgefühl hatte die Familie ein stärkeres Motiv.

„Lassen Sie mich an Ihren Überlegungen teilhaben“, holte Grimm ihn schließlich aus seinen Gedanken. „Nein, lassen Sie mich raten. Unsere nordfriesische Miss Marple hat eine heiße Spur und wir sollen sie überprüfen." Mats konnte sich ein Grinsen nicht verkneifen, was Grimm sofort auf die Palme brachte.

„Glaubt diese Person wirklich, dass wir unseren Job nicht beherrschen und ohne ihre Einmischung hilflos sind?"

„So würde ich es nicht ausdrücken", widersprach Mats weiterhin amüsiert.

„Ach Papperlapapp! Ich kann mir genau vorstellen, was da eben abgelaufen ist. Sagen Sie schon: Wo sollen wir was überprüfen?"

Mats seufzte ergeben. Hätte Grimm den Anruf bloß nicht mitbekommen. Das hätte ihm die Sache erheblich erleichtert! Aber daran war er selbst schuld. Er hatte am Telefon den Namen des Unternehmers genannt und das war seinem aufmerksamen Kollegen nicht entgangen. Egal! Er musste sich Grimms Sticheleien anhören, aber er selbst wusste, wie gut seine eigenen Ermittlungen waren.

„Es geht um Henning Voss, einen Geschäftsmann aus Hamburg, der in der gleichen Branche wie unser Opfer tätig ist. Es gab Übernahmeverhandlungen, die allerdings kurz vor dem Mord geplatzt sind."

„Alle Achtung!" Grimm stieß einen Pfiff aus. „Und das hat Miss Marple herausgefunden?"

„Ich habe es gestern Abend ebenfalls recherchiert." Es klang in seinen eigenen Ohren lahm.

„Natürlich", gab Grimm zurück.

Mats überlegte, wie er die Bemerkung einordnen sollte.

„Welchen Vorteil hätte der von dem Mord?"

„Ich denke, die Kinder würden sofort verkaufen. Max Hofstetter hat jedoch einen Rückzieher gemacht."

„Also gut. Die Durchsuchungsbeschlüsse lassen ohnehin auf sich warten. Machen wir eben einen Ausflug in die

Hansestadt. Insgesamt eine willkommene Abwechslung. War dieser Voss ebenfalls auf der Gala?“, wollte sein Kollege schließlich wissen.

„Franziska Hofstetter wusste es nicht. Ihr Vater hatte ihn ursprünglich eingeladen. Nachdem sich die geschäftlichen Gespräche unschön entwickelten, hält sie es für möglich, dass er die Einladung zurückgezogen hat. Andererseits ist Voss sehr zahlungskräftig. Und das Sammeln hoher Spendenbeträge war Hofstetters erklärtes Steckenpferd.“

„Gut, das werden wir herausfinden. Bin gespannt. Lassen Sie uns aufbrechen.“

Zwei Stunden später betraten sie ein imposantes Firmengebäude aus Glas und Stahl. Der Standort in Harburg südlich der Elbe war ihm auf den ersten Blick wenig imposant vorgekommen. Da Grimm allerdings hinterm Steuer saß, blieb ihm genug Zeit für eine spontane Informationsbeschaffung. Wie es aussah, strebte der Stadtteil ordentlich auf. Voss´ Büro lag in Hafennähe mit Blick auf die Elbe, was unbesehen ein Highlight darstellte.

Entgegen seiner eigenen Erwartung wurden sie fast unmittelbar empfangen.

Mats schätzte den Unternehmer auf Mitte vierzig. Er war groß, schlank und braun gebrannt. Dazu wirkte er durchtrainiert. Ganz offensichtlich verbrachte er nicht seine gesamte Zeit hinterm Schreibtisch.

Das Büro war seiner Position angemessen: geräumig, lichtdurchflutet und modern eingerichtet.

„Nehmen Sie Platz“, forderte er sie nach einer knappen Vorstellung auf. Seine Freundlichkeit wirkte etwas aufgesetzt, einstudiert, was vielleicht seinem Job geschuldet war. Bestimmt führte er ständig Gespräche mit Leuten, die lediglich der Pflicht geschuldet waren.

„Möchten Sie etwas trinken? Kaffee? Wasser?"

„Gerne einen Kaffee", übernahm Grimm das Antworten.

Henning Voss nickte, bestellte das Heißgetränk bei seiner Sekretärin - davon ging Mats jedenfalls aus - und setzte sich zu ihnen. „Also, was kann ich für Sie tun?" Er blickte demonstrativ auf seine Armbanduhr, wohl um klarzustellen, wie knapp seine kostbare Zeit bemessen war.

„Wie Sie sich denken können, ermitteln wir im Mordfall Maximilian Hofstetter", begann Mats, wurde aber sofort wieder unterbrochen.

„Wohoo! Moment mal. Mordfall? Max Hofstetter wurde ermordet?"

Grimm nickte und schwieg. Dabei beobachtete er ihr Gegenüber ganz genau.

„Haben Sie am Samstag die Spendengala besucht?", fragte Mats.

„Ja, ich bin dort gewesen. In Begleitung meiner Frau Sabine. Sind Sie sicher, dass er einem Mordanschlag zum Opfer gefallen ist? Ich bin von einem Herzinfarkt oder so etwas ausgegangen. Max war nicht mehr der Jüngste und hat dabei ein erhebliches Arbeitspensum absolviert. Das kann einen in dem Alter spontan umhauen."

„Hatten Sie während Ihrer Verhandlungen den Eindruck, dass er der Belastung nicht mehr gewachsen war?", hakte Mats sofort ein, ohne auf dessen Fragen einzugehen.

„Hhm, nein, eigentlich nicht. Wir haben uns allerdings nur zweimal persönlich getroffen. Da bekommt man lediglich einen flüchtigen Eindruck", relativierte er seine Aussage.

„Okay, Sie waren also auf der Gala, obwohl Ihr Geschäft geplatzt ist."

„Ich sehe da keinen Zusammenhang", konterte Voss gelassen.

„Haben Sie sich nicht über Hofstetter geärgert?“

„Ja, klar. Wir hatten eine Menge Zeit in die Vorbereitung der Übernahme gesteckt und der angebotene Preis für seine Firma war absolut fair.“

„Warum hat er einen Rückzieher gemacht?“

„Tja, das müssten Sie eigentlich ihn selbst fragen.“ Voss stockte, seine Souveränität bröckelte. „Entschuldigung. Das war wohl ein Fettnäpfchen.“

Mats verzog keine Miene. „Welchen Eindruck hatten Sie?“

„Schwer zu sagen. Vielleicht konnte er einfach nicht loslassen. Max hat für seine Firma gelebt und sich darüber definiert. Im Grunde war ich erstaunt, dass es überhaupt zu Verhandlungen kam. Ich kaufe ständig Firmen oder Teile davon auf. Das gehört zu meinem Tagesgeschäft. Hofstetters Produktion passt perfekt in mein Portfolio. In diesem Bereich verliere ich gerade Marktanteile – nicht durch seine Firma. Eher durch Konkurrenz in Südeuropa und vor allem natürlich in China. Eine Fusion hätte meine Position am Markt gestärkt, aber kurz vor Abschluss ist die Sache geplatzt, das war jedenfalls mein Eindruck. Vielleicht wollte er nur seinen Marktwert testen und hatte nie vor, mir seine Firma zu überlassen.“ Das Bedauern stand Henning Voss ins Gesicht geschrieben.

„Sie profitieren also von seinem Tod“, stellte Grimm fest.

Voss fiel die Kinnlade herunter. „Du meine Güte! Ist das der Grund, warum Sie zu mir gekommen sind? Verdächtigen Sie mich, Max Hofstetter umgebracht zu haben?“ Er lachte kurz auf, wurde aber sofort wieder ernst. „Brauche ich einen Anwalt?“

„Nein, vorerst stehen Sie nicht unter Verdacht, sondern werden als möglicher Zeuge befragt“, übernahm Mats die Rolle des guten Bullen. Wie klischeehaft!

„Das hörte sich eben aber anders an“, mokierte sich Voss. „Und was meinen Sie überhaupt mit vorerst?“

„Sicherlich treffen Sie bei den Erben auf wenig Widerstand, wenn Sie denen Ihr Angebot unterbreiten“, stellte Grimm fest.

„Das ist eine infame Unterstellung! So etwas muss ich mir nicht anhören! Ich habe Sie freundlich empfangen und war bereit zu kooperieren. Ich bin davon ausgegangen, dass Sie Hintergrundinformationen zu Max und unseren Unternehmen haben wollen. Ich habe nicht damit gerechnet, unter Verdacht zu stehen. Sind Sie gekommen, um mich zu verhaften?“, fragte er mit bebender Stimme.

Mats überlegte, ob sie von Angst oder einfach nur Ärger getragen wurde.

„Nein, wir sind nicht gekommen, um Sie zu verhaften“, benutzte er bewusst die gleichen Worte.

„Was wollen Sie mir dann damit sagen?“ So leicht ließ sich Voss nicht beruhigen. Ohne eine Antwort abzuwarten, sprach er schließlich weiter. „Hören Sie zu: Wie ich bereits ausführte, unterbreite ich ständig solche Übernahmeangebote. Manche führen zum Erfolg, andere nicht. Es ist für mich kein Grund zum Mörder zu werden, wenn meine Verhandlungen scheitern. Tatsächlich hätte ich viel zu tun, wenn ich alle umbrächte, die nicht nach meinen Vorstellungen agieren.“

„Aber in diesem Fall hatten Sie viel Arbeit reingesteckt und waren davon überzeugt, ans Ziel zu kommen“, ließ Grimm nicht locker. „Und Sie müssen es schließlich nicht selbst ausgeführt haben, vielleicht haben Sie einen Komplizen innerhalb der Familie.“

Mats kam aus dem Staunen nicht heraus. Nicht zum ersten Mal ließ Grimm sich zu so einer Spekulation verbunden mit einer massiven Konfrontation eines potentiellen

Verdächtigen hinreißen. Ab und zu vergaß sich sein sonst so konservativer Kollege. Mats hatte keine Ahnung, was in so einem Moment in ihn fuhr. Für eine derartige Unterstellung gab es überhaupt keinen Anhaltspunkt! Wollte er einfach nur provozieren? Oder glaubte er wirklich an eine mögliche Tatbeteiligung von Henning Voss? Die Verbindung zu einem der Kinder von Hofstetter hielt Mats für unwahrscheinlich, aber da Grimm nun vorpreschte, war er auf Voss´ Reaktion gespannt. Rastete der gleich aus?

Spontan verschlug es dem Unternehmer die Sprache. Regungslos saß er ihnen gegenüber.

Mats hätte viel für dessen Gedanken gegeben. Also beobachtete er ihn genau. Voss´ Halsschlagader pochte verdächtig. Langsam lief sein Gesicht rot an.

„Ich habe bereits viel in meinem Leben erlebt“, donnerte er schließlich los. „Auch viel Unverschämtheit oder bodenlose Frechheit. Ihr Verhalten übertrifft jedoch alles! Ich nehme nicht an, dass Sie irgendwelche Indizien oder gar Beweise für so eine hanebüchene Behauptung haben. Wenn dem so ist, erkläre ich dieses Gespräch als beendet!“ Er sprang von seinem Stuhl auf, der gefährlich schwankte und umzufallen drohte.

Die Sekretärin, die im gleichen Moment mit einem beladenen Tablett den Raum betrat, ließ dieses beinahe fallen.

„Die Herren wollen gerade gehen“, fauchte Henning Voss.

Krischan in Husum

Mittwoch, den 29. Mai

Als Krischan die Spendengala am Samstagabend verließ, stand er buchstäblich unter Strom. Adrenalin pulsierte durch seine Adern, er brauchte dringend ein Ventil, um die aufgestaute Energie loszuwerden, das spürte er ganz deutlich.

Am liebsten wäre er zu seiner derzeitigen Flamme Jasmin gefahren. Das Model hatte zwar nicht viel in der Birne, dafür aber einen Körper, der ihn leicht in Ekstase bringen konnte. Und sie liebte es, wenn er sie hart nahm. Genau das hätte er in dieser Nacht gebraucht, um wieder runterzukommen und klar denken zu können. Allerdings hatte es im Vorwege nervtötende Diskussionen darüber gegeben, warum er sie zu dem dusseligen Fest nicht mitnehmen wollte.

Was genauso erstaunlich wie überflüssig war. Niemand sonst riss sich darum, den Abend mit lauter Geldsäcken zu verbringen und seinem Alten bei dessen selbstbeweihräuchernder Rede zu lauschen – niemand außer Jasmin. Im Grunde wäre es ihm egal gewesen, immerhin war sie schön anzusehen, und bestimmt hätte es etliche Männer im Saal gegeben, die ihn um diese Gesellschaft beneideten. Aber darauf kam es nicht an.

Krischan war fest davon überzeugt, dass sein alter Herr ihn wieder mal verurteilt hätte. Allein schon der Blick – Krischan konnte ihn sich lebhaft vorstellen. Das abschätzige Mustern verbunden mit dem daraus folgenden Urteil, dass er ja ohnehin nie etwas zustande brächte, als sich mit schönen Frauen zu umgeben, die ebenfalls nicht mehr als er leisteten.

Wie Krischan ihn gehasst hatte!

Und trotzdem konnte er nie aufhören, um die Gunst seines Vaters zu buhlen, wenn auch völlig erfolglos, weil er einfach komplett anders leben wollte.

Und nun war Maximilian Hofstetter tot. Diese Tatsache war gleichermaßen berauschend und erschreckend, denn Krischan war davon überzeugt, dass die Polizei sein Leben umkrempeln würde. Er war der prädestinierte Verdächtige, so viel war klar.

Der Verlierer.

Das schwarze Schaf der Familie.

Der lebensunfähige Sohn, der eindeutig vom Tod des Vaters profitierte!

Auf jeden Fall musste er die Drogen verschwinden lassen. Allein dafür konnten sie ihn belangen. Und sie ließen ihn labil und unberechenbar erscheinen.

Darauf konnte er allemal verzichten.

Aber erst morgen. Heute Nacht musste er sich noch mal was einwerfen. Wenn er seine überschüssige Energie nicht bei Jasmin loswerden konnte - auf weitere Diskussionen hatte er echt keinen Bock - dann brauchte er Entspannung auf diesem Weg. Sicherlich würden die Ermittler nicht gleich am Sonntagmorgen bei ihm vorstellig werden. Es stand schließlich gar nicht fest, ob der gute alte Max überhaupt aus dem Weg geräumt worden war.

Und hoffentlich lohnte es sich für Krischan. Sein alter Herr hatte sich in den letzten Jahren geradezu in seinen Wohltätigkeitswahn hineingesteigert. Was wäre es für eine Enttäuschung, wenn er sein Vermögen ebenfalls spendete und die Familie mit einem Pflichtteil abspeiste. Nein, das durfte einfach nicht sein! So grausam konnte sich nicht einmal Maximilian Hofstetter verhalten.

Trotz aller Sorge um ein ungünstiges Testament musste er diese Gedanken vorerst beiseiteschieben.

Jetzt galt es, die Gesamtsituation und seine eigene Position in diesem Szenario zu analysieren. Wenn es sich wirklich um Mord handelte, geriet er auf jeden Fall in den Fokus der Kommissare und mit großer Wahrscheinlichkeit unter Verdacht. So viel war klar.

Allein seine für andere armselig wirkende Einkommenssituation sicherte ihm einen der vorderen Plätze. Das war zwar ein mögliches Motiv, aber natürlich kein Beweis. Stellte sich die Frage, was er außer den Drogen noch verschwinden lassen oder vertuschen sollte. Um darüber nachzudenken, brauchte er einen klaren Kopf und keinen vollgedröhnten Schädel.

Immerhin war er nicht der einzige Verdächtige. Seine Schwestern kamen zwar wesentlich spießiger daher, waren jedoch genauso voller Groll gegen Max. Keins der Familienmitglieder lebte seinen Traum, was insbesondere für Marcel galt. Marcel, der selbsternannte großartige Koch, der sich so gerne in einem eigenen Restaurant verwirklicht hätte.

Und was war mit seiner Mutter? Anna hatte zeit ihres gemeinsamen Lebens in Max´ Schatten gestanden. Nie waren den Kindern Klagen zu Ohren gekommen, aber was hieß das schon? Hatte sie sich nun daraus befreit? Selbst Krischan war nicht in der Lage, dies realistisch einzuschätzen.

Eins war sicher: Die Familie würde unter Verdacht geraten und er hatte keine Lust, den Sündenbock zu geben. Bestimmt würden die drei Frauen spätestens am Montag zusammenglucken und sich schlimmstenfalls gegen ihn verbünden. Bei der Vorstellung kochte die Wut bitter wie Galle in ihm hoch. Er musste unbedingt verhindern, zum Hauptverdächtigen zu werden.

Aber wie? Und auf wen könnte er den Verdacht lenken? Zum ersten Mal verfluchte er sich selbst, seinem Alten nie richtig zugehört zu haben, wenn dieser von seinen Geschäften oder dem Alltag in der Firma erzählte. Gelangweilt hatte er auf Durchzug gestellt und sich gedanklich mit anderen Dingen beschäftigt. Nun musste er darauf setzen, dass trotzdem ein paar Gesprächsfetzen in seinem Gedächtnis hängengeblieben waren, aus denen er etwas konstruieren konnte.

Gab es da nicht einen unschönen Vorfall um einen gefeuerten Mitarbeiter? Sein Vater hatte sich stets als strengen, aber fairen Arbeitgeber bezeichnet. Eine Wortwahl, die eher zu einem Familienoberhaupt passte. Aber das war nur Krischans unmaßgebliche Meinung. Was er mitbekommen hatte, war Max nicht so fair gewesen, wie er sich selbst bezeichnete. Da wich das Selbstbild erheblich vom

Fremdbild ab. Außerdem, mal Hand aufs Herz: Wenn einer ein solches Vermögen anhäufte, mussten andere dafür bluten. Das war ja mal Fakt.

Natürlich hatte der ach so soziale Unternehmer nur selten über Konflikte mit seinen Mitarbeitern geplaudert, aber ab und zu war mal was durchgesickert – oder sogar in die Presse gelangt. Obwohl Max sich immer große Mühe gegeben hatte, genau das zu verhindern. Oder runterzuspielen und geradezubiegen, wenn es unerfreulicherweise passiert war.

Nils Peters. Der Name blitzte unvermittelt in seinem Gedächtnis auf. Krischan versuchte sich zu konzentrieren. Das war eine schmutzige Geschichte gewesen, oder? Und noch gar nicht lange her. Konnte es da einen Zusammenhang geben?

Der Mann war nach langer Betriebszugehörigkeit gefeuert worden. Trotz intensiven Nachdenkens fielen ihm spontan keine Einzelheiten ein, aber das konnte er herausfinden. Und dann würde er die Kommissare informieren, damit sie den Mann unter die Lupe nahmen. Wie es schien, hatte Krischan doch einiges von seinem Vater gelernt. Auch wenn der in der Öffentlichkeit den Saubermann gegeben hatte, war seine Weste nicht so blütenweiß, wie er es immer darstellte.

Und zwischenzeitlich musste er unbedingt seine Mutter und die Schwestern im Auge behalten, damit er nicht am Ende auf verlorenem Posten stand.

Emilia in Friedrichstadt

Mittwoch, den 29. Mai

Nach dem Abendessen hatte sich Anna Hofstetter wieder zurückgezogen. Franziska bat Emilia, ein wenig länger zu bleiben, um über den Fall zu sprechen und sie ganz offiziell um ihre Unterstützung zu bitten.

„Das mache ich gerne", sagte sie sofort zu. „Was wissen Sie über Henning Voss? Sie haben eben angedeutet, dass er Ihren Vater bedroht hat."

Franziska wirkte verlegen. „Ich weiß nicht, ob man es wirklich als Bedrohung bezeichnen kann. Ich habe aber zufällig ein Telefonat mitbekommen, in dem er sehr verärgert reagiert hat. Es ist normalerweise nicht meine Art zu lauschen, aber die Tür stand halb offen und Max ist wirklich sehr laut geworden“, verteidigte sie sich, während eine leichte Röte über ihr Gesicht zog.

Emilia machte eine wegwerfende Handbewegung. „Das glaube ich Ihnen. Was genau hat Ihr Vater gesagt?“

„Gebrüllt trifft die Sache wohl eher. Er hat sich richtig aufgeregt, was nicht besonders oft vorgekommen ist. Im Grunde hatte er einen langen Geduldsfaden. Wenn der jedoch riss, hat man sich besser in Sicherheit gebracht. Diese Lektion haben wir bereits als Kinder gelernt.“

Emilia nickte ungeduldig und wartete darauf, dass Franziska zum Punkt kam.

„Entschuldigung, was wollten Sie wissen?“, fragte diese aus dem Konzept gebracht.

„Was hat Ihr Vater zu Henning Voss gesagt? Hat er seine Absage begründet? Und fühlte er sich aufgrund dessen Verhalten unter Druck gesetzt?“

„Davon bin ich überzeugt, sonst hätte er sich nicht so aufgeregt. Natürlich konnte ich nicht verstehen, was Voss gesagt hat.“

Es war also kein Onlinemeeting gewesen, sondern ein klassisches Telefonat. Wie bedauerlich.

„Mein Vater antwortete, dass er nichts fest zugesagt habe. Voss sei mit seinem Angebot auf ihn zugekommen und er habe sich die Freiheit genommen, dieses anzuhören und zu prüfen. Der Preis sei mehr als fair und damit sehr verlockend, aber er habe sich trotzdem dagegen entschieden. Das brauche er nicht weiter begründen. Es sei seine Firma und damit könne er machen, was er wollte. Voss sollte sich mit seiner Niederlage abfinden und es sei ihm auf Deutsch gesagt piepegal, wie hoch der Aufwand gewesen sei, die Verhandlungen vorzubereiten. Daran würde auch das Rauschen mit dessen Kunststoffärmeln nichts ändern.“

„Was meinte er damit?“

„Ich denke Voss hat mit rechtlichen Konsequenzen gedroht.“

„Da hatte er keine Handhabe.“

„Dann vielleicht mit Verleumdungen. Das schien meinen Vater zwar zu ärgern, aber nicht einzuschüchtern.“

Emilia war zufrieden. Aus diesen Informationen konnte sie das Telefonat nahezu rekonstruieren. Gehörte der Unternehmer aus Hamburg wirklich zu den Verdächtigen? Würde er einen Mord begehen, um an die begehrte Firma zu kommen? Ohne den Mann zu kennen, war das schwer zu beurteilen. Auf jeden Fall wollte sie Piet bitten, weiter über dessen Geschäfte zu recherchieren. Vielleicht gab es darüber hinaus sogar private Skandale, die Rückschlüsse auf seine Persönlichkeit zuließen.

Und was sagte es über Franziska aus? Die junge Frau wirkte gestresst und fahrig, was nach dem Verlust ihres Vaters - noch dazu auf so grausame Weise - kein Wunder war. Emilia fand sie äußerst sympathisch und konnte sich kaum vorstellen, es mit einer Mörderin zu tun zu haben. Für die Fingerabdrücke auf der Flasche gab es eine harmlose Begründung, oder eben doch nicht? Wie waren die auf die Flasche gekommen, wenn der Mörder sie ausgetauscht hatte? Oder war sie gar nicht original verschlossen gewesen und Max Hofstetter hatte es in seiner Aufregung nicht bemerkt?

Emilia war im ersten Augenblick überrascht gewesen, als Franziska ihr von dem heftigen Lampenfieber ihres Vaters bei derartigen Auftritten berichtet hatte. Das war ihm an dem Abend nicht anzumerken gewesen.

Am Ende des Abends konnte sie es kaum abwarten, Piet über die neugewonnenen Fakten zu informieren und alles mit ihm zu besprechen. Sie war äußerst gespannt, wie er die Lage einschätzte.

Wie üblich reagierte ihr Mann eher verhalten und sachlich. Ihre Euphorie konnte er nicht teilen und merkte kritisch an:

„Meine Liebe, was du Fakten nennst, würde ich eher als Hörensagen bezeichnen. Du weißt doch gar nicht, ob Franziska Hofstetter wirklich so hilflos ist, wie sie tut. Vielleicht gehört das alles zu ihrem Plan und das mitgehörte Telefonat ist frei erfunden. Oder gibt es dafür weitere Zeugen?"

„Nein", musste sie widerstrebend zugeben. „Aber ich kann es mir beim besten Willen nicht vorstellen. Franziska ist wirklich eine sympathische Person, ich mag sie und halte sie für unschuldig. Nenn es weibliche Intuition."

„Ich weiß, du willst es nicht hören, aber das klingt alles andere als professionell - und du siehst dich schließlich als gleichwertige Ermittlerin wie die Kommissare."

„Das ist nun übertrieben", widersprach Emilia, fühlte sich aber trotzdem geschmeichelt.

„Das sehe ich anders. Aber wie dem auch sei. Solltest du mit Mats über diesen Fall sprechen, was du sicherlich vorhast, würde ich an deiner Stelle anders argumentieren. Ich meine es ja nur gut", fügte er versöhnlich hinzu.

„Du hältst sie also für verdächtig?", öffnete sich Emilia Piets Meinung. Generell legte sie darauf viel Wert und hatte sich auf den Austausch gefreut.

„Zumindest gehört sie zu dem Kreis der Verdächtigen", bestätigte Piet. „Sie hat die ganze Party organisiert und die Flasche bereitgestellt, auf der sich nachgewiesenermaßen ihre Fingerabdrücke befinden. Das sind Fakten, die du nicht ignorieren solltest. Auch wenn du sie sympathisch findest, kann sie trotzdem eine Mörderin sein."

Emilia zuckte bei der Vorstellung zusammen. Am liebsten hätte sie widersprochen, aber Piet hatte recht. Wenn sie in dem Fall etwas bewirken wollte, musste sie sich an klare Beweise halten, statt sich von Emotionen einlullen zu lassen.

„Aber es gibt weitere Verdächtige. Das mitgehörte Telefonat basiert auf Hörensagen, da stimme ich dir zu. Trotzdem ist dieser Henning Voss nicht entlastet, oder?", lenkte sie das Gespräch in eine andere Richtung.

„Nein. Und ich habe ein bisschen weiter gegraben. Voss ist dafür bekannt, seine Geschäftspartner nicht gerade zimperlich zu behandeln. Er gilt als Hai, der seine Interessen notfalls mit unlauteren Mitteln durchdrückt."

„Was genau meinst du damit?" Emilia war sofort elektrisiert. „Erpressung?"

„Ja, zum Beispiel." Piet amüsierte sich.

„Hast du einen konkreten Anhaltspunkt gefunden, ob er Maximilian Hofstetter erpresst hat?" Sie spürte, wie ihre Wangen glühten. Bestimmt würde sich Piet gleich wieder über ihren Enthusiasmus lustig machen.

Prompt wurde sein Grinsen breiter. „Du hast echt deinen Beruf verfehlt, meine Liebe", zog er sie auf.

Emilia reagierte mit Ungeduld: „Nun lass mich nicht zappeln, sondern weih mich in deine Rechercheergebnisse ein."

„Wenn du mich zu Wort kommen lässt", spannte er sie weiter auf die Folter.

„Ja oder nein?"

„Nein, so einfach ist es leider nicht. Zu unserem konkreten Fall habe ich nicht mehr gefunden, aber es kursieren im Netz zahlreiche Gerüchte über unsaubere Geschäftspraktiken von Henning Voss."

„Meistens ist da was dran", sinnierte Emilia.

„Da sind wir mal einer Meinung", bestätigte Piet. „Aber was nützt uns das jetzt?"

„Wir sind auf dem richtigen Weg. Das ist schon mal was. Polizeiarbeit ist kleinteilig, man braucht Geduld."

„Hört, hört. Da spricht die Expertin", konnte er sich nicht zurückhalten.

„Ja, ja", winkte Emilia ab. Ihre Gedanken kreisten um das eben Gehörte. Da blieb kein Raum für wenig ernst gemeinte Provokationen.

„Und da ist noch etwas", forderte Piet ihre Aufmerksamkeit zurück.

„Ja?"

„Ich habe ein paar Berichte über einen entlassenen Mitarbeiter gefunden."

„Klingt nicht besonders spektakulär. Kommt das nicht ständig vor?", fragte Emilia mit verhaltener Begeisterung.

„Wahrscheinlich. Aber diese Sache ist recht schäbig gelaufen und hat hohe Wellen geschlagen. Höher, als dem Saubermann Hofstetter lieb sein konnte."

„Erzähl!"

„Freut mich, dein Interesse zu wecken. Also, hör zu: Der Mann heißt Nils Peters. Nach knapp dreißig Jahren Betriebszugehörigkeit wurde er angeblich wegen mehrfach unentschuldigten Fehlens gefeuert."

„Aber sowas lässt sich nachprüfen. Hat er gefehlt oder nicht?"

„Ja, aber nach seiner Aussage hat er sich korrekt krankgemeldet. Die Nachweise sind allerdings verschwunden."

„Woher weißt du das so genau?", zeigte Emilia sich nun kritisch.

„Die Angelegenheit ging vors Arbeitsgericht. Sein Anwalt legte Kopien der Krankmeldungen vor und behauptete in diesem Zusammenhang, dass sein Mandant aus anderen Gründen gekündigt worden war. Vielleicht wollte man ihn aus Altersgründen loswerden und die Abfindung sparen", erklärte Piet.

„So hat der Anwalt vor Gericht argumentiert?"

Er nickte.

„Gut, aber was nützt es ihm, wenn er Hofstetter umbringt? Dadurch bekommt er weder seinen Arbeitsplatz zurück noch die ersehnte Abfindung."

„Rache", kommentierte Piet knapp.

Emilia wiegte ihren Kopf. „Klingt eher unwahrscheinlich. Da müsste ihn bei der Gala jemand gesehen haben. Über eine Einladung verfügte er wohl kaum. Oder ist er mittlerweile bei dem Restaurant beschäftigt? Als Kellner zum Beispiel. Das wäre natürlich ein Ding."

„Das ist ein guter Gedanke", freute sich Piet. „Und es lässt sich ohne großen Aufwand nachprüfen."

„Ich könnte Mats anrufen, um ihn auf dem Laufenden zu halten", begeisterte sich Emilia.

„Suchst du einen Vorwand, dich bei ihm zu melden? Das finden sie auch ohne dich heraus. Du willst wieder Teil der Ermittlungen sein."

„Das bin ich bereits", freute sie sich. „Aber gut. Dieses Mal gebe ich nach. Besser wir finden mehr Konkretes heraus. Dann kann ich sogar den grimmigen Grimm beeindrucken. Bislang ist die Beweislage etwas mager."

Piet nickte, hielt sich aber mit einem weiteren Kommentar zurück.

„Mal was anderes. Wie leicht lässt sich eigentlich das Gift besorgen? Kann das jeder oder braucht man dafür spezielle Kontakte?", wechselte Emilia das Thema.

„Na ja, übers Internet kann man heutzutage alles beschaffen, aber man hinterlässt natürlich Spuren."

„Wie können wir das herausfinden?", überlegte sie laut.

„Dafür bräuchten wir die Computer der Familie. Ich fürchte, das musst du wirklich den Kommissaren überlassen." Wieder tauchte das verschmitzte Lächeln in Piets Gesicht auf, das Emilia so gerne mochte.

„In diesem Zusammenhang fällt mir etwas anderes ein. Was ist eigentlich mit dem Arzt Roland Schneider? Könnte der ebenfalls ein Motiv haben?"

„Wie kommst du darauf?" Piet wirkte überrascht.

„Hhm, war nur so ein Gedanke. Für einen Arzt stellt es sicher kein Problem dar, solche Chemikalien zu besorgen", spann Emilia ihren Faden weiter.

„Also, als alleiniger Täter sehe ich kein Motiv. Wie sollte er an einen Teil des Vermögens herankommen? Nur dann ergibt es einen Sinn."

„Wenn er jahrelang der Leibarzt von Max Hofstetter war, hat dieser ihn vielleicht in seinem Testament bedacht", schlug Emilia vor.

„Das halte ich für unwahrscheinlich", widersprach Piet.

„Oder er hat eine heimliche Affäre mit Anna Hofstetter."

„Oder mit deiner Franziska", ergänzte Piet.

Der Vorschlag überraschte Emilia. Auf Anhieb kam ihr das eher abwegig vor, aber unmöglich war es natürlich nicht. „Wie alt schätzt du Roland Schneider?"

„Ende vierzig, Anfang fünfzig würde ich sagen." Piet nickte bekräftigend. „Theoretisch ist eine Liaison mit beiden Frauen möglich."

„Ja, oder es geht einfach um Geld. Der Fall wird immer komplexer. Spannend!", freute sich Emilia.

Mats in Husum

Donnerstag den 30. Mai

Wieder mussten die Kommissare auf die Durchsuchungsbeschlüsse warten und Mats hatte das Gefühl, dass ihnen die Zeit weglief. Warum begriff der Richter nicht, wie wichtig schnelles Handeln in diesem Fall war? Mit dem Verzug gab er den Familienmitgliedern alle Zeit der Welt, um Sachverhalte zu vertuschen oder mutmaßliche Beweise verschwinden zu lassen. Am liebsten hätte er den Richter angerufen oder persönlich aufgesucht, aber Grimm hielt ihn davon ab.

„Ich weiß Ihr Engagement zu schätzen, Sommerfeld, aber die Mühe können Sie sich sparen. Deshalb mahlen die Mühlen der Gerechtigkeit nicht schneller. Wenn Sie Pech haben, verärgern Sie ihn und er lässt uns dafür extra lange schmoren."

„Aber das ergibt überhaupt keinen Sinn", mokierte sich Mats genervt. „Er muss schließlich genauso daran interessiert sein, den Täter schnell zu schnappen."

„Ich bin zufrieden, wenn wir ihn überhaupt überführen können. Bislang sieht es nicht besonders gut aus. Möglicherweise verweigert er uns die Durchsuchungsbeschlüsse. Unsere Beweislage ist ziemlich dünn."

„Da beißt sich die Schlange in den Schwanz. Ohne die Hausdurchsuchungen werden wir wohl kaum etwas Konkretes in die Finger bekommen." Mats blieb unzufrieden, daran konnten Grimms Argumente nichts ändern.

„Vielleicht ergibt sich etwas anderes", erwiderte der Ältere.

„Vielleicht, vielleicht", brauste Mats auf. „Vielleicht sterbe ich heute Nachmittag."

„Das wollen wir mal nicht hoffen. Wäre wirklich Verschwendung."

Sollte er das als Kompliment verstehen?

„Okay, also konkret: Krischan Hofstetter hat mich heute Morgen angerufen und mitgeteilt, dass ein Nils Peters als Täter infrage kommen könnte", ließ Grimm die Bombe platzen.

Sofort war Mats´ Ärger vergessen. „Tatsächlich?", fragte er interessiert. „Und wer ist dieser Nils Peters und was für ein Motiv könnte er haben?"

„Ich habe das überprüft", spannte Grimm ihn weiter auf die Folter.

„Was denn überhaupt?"

„Lassen Sie mich einfach ausreden, umso schneller erfahren Sie es. Also: Krischan Hofstetter hat mir von Peters´ Rausschmiss aus der Firma berichtet."

„Ah, dieser Krischan ist ein echter Schwerenöter und will bestimmt nur den Verdacht von sich auf eine andere Person lenken", zeigte sich Mats kritisch.

„Ja, das dachte ich auch erst, deshalb habe ich ein wenig gegraben." Volker Grimm berichtete, was er im Internet über den Mann und seine Beziehung zu Maximilian Hofstetter gefunden hatte.

Mats stieß einen Pfiff aus. „Das ist natürlich was anderes. Gut möglich, dass er sich an seinem ehemaligen Arbeitgeber für die unfaire Behandlung rächen wollte. Meinen Sie, er hat sich in den Saal hineingeschmuggelt, ohne bemerkt zu werden?"

„Finden wir es heraus", gab sich Grimm angriffslustig. „In einem Zeitungsbericht gab es ein Foto von ihm. Ziemlich unscheinbar. Der kann bei so viel Prunk und Protz leicht übersehen werden."

„Hhm, wo wohnt er denn?"

„Hier in Husum. Lassen Sie uns eben rüberfahren. Dann können wir die Zeit sinnvoll nutzen, bis die Beschlüsse vorliegen."

Mats nickte. Endlich gab es was zu tun. Nur herumsitzen und warten, hasste er wie die Pest.

Nils Peters wirkte genauso unscheinbar, wie Grimm ihn beschrieben hatte. Klein, hager und mit einer runden Brille auf der Nase sah er aus wie ein Buchhalter. Erst in dem Moment fiel Mats auf, dass er versäumt hatte, Grimm nach der Position zu fragen, die der Mann vor seiner Entlassung bei Hofstetter innehatte. Der junge Kommissar musterte ihn eingehender, während Grimm sie vorstellte und ihn mit ihrem Anliegen konfrontierte.

Sein schütteres aschblondes Haar passte zu der abgetragenen Kleidung, die außerdem extrem altmodisch wirkte.

Obwohl Mats ihn im gleichen Alter wie den Unternehmer schätzte, wirkte Peters wie aus einer anderen Zeit. Mats war gespannt, ob sich der Eindruck bei der Wohnungseinrichtung fortsetzte.

„Was wollen Sie von mir?“, fragte Peters im gleichen Augenblick voller Misstrauen. „Kommen Sie wegen Hofstetters Tod? Eins sage ich Ihnen, damit habe ich nichts zu tun!“

„Sie wissen davon?“

„Na logisch, stand ja dick in der Zeitung. Tod des großen Gönners! Dass ich nicht lache. Irgendwelchen fremden Kindern hat er es vorne und hinten reingeschoben, aber seine eigenen Leute, die das Geld für ihn verdient haben, die hat er dafür ausgebeutet. Und rausgeschmissen, wenn sie unbequem oder zu alt wurden. Und damit zu teuer. Pah, dieses junge Gemüse weiß doch gar nicht mehr, was es heißt, richtig zu arbeiten. Die wollen eine Drei- bis Vier-Tage-Woche und Work-Life-Balance. Danach hat uns in 35 Jahren keiner gefragt.“

„Wollen wir nicht lieber reingehen? Ihre Nachbarn brauchen schließlich nicht alles mithören“, schlug Grimm vor.

„Ich habe keine Geheimnisse, Herr Kommissar. Alle hier im Haus wissen, dass ich immer fleißig war. Ja! In 35 Jahren habe ich nicht einmal gefehlt – und dann werde ich nach so langer Zeit einmal krank und daraus dreht man mir einen Strick. Ich bin nicht mehr der Jüngste. Irgendwann kommen die Zipperlein eben. Trotzdem habe ich mich stets korrekt verhalten. Jawoll! So eine Behandlung habe ich nicht verdient.“

„Dürfen wir trotzdem hereinkommen?“, wiederholte Grimm sein Anliegen.

„Ich habe nichts zu verbergen. Kommen Sie, setzen wir uns in die Küche. Wollen Sie eine Tasse Kaffee?“

„Ja, gern", stimmte Grimm zu, vielleicht um den Redeschwall des verärgerten Mannes zu unterbrechen.

Peters führte sie in eine 70er-Jahre-Küche mit orangefarbenen Schränken und einer großblumigen Tapete aus verschiedenen Brauntönen. Irgendwo hatte Mats ähnliche Bilder gesehen, aber nicht vermutet, sowas mal im echten Leben anzutreffen. Der Kaffee schien bereits eine Weile auf der Warmhalteplatte zu stehen, es roch eingebrannt. Darüber hinaus wirkte der Raum sauber und aufgeräumt.

„Mich und Zucker?", fragte Nils Peters.

„Gern", antwortete Mats. Anders würde man das Gebräu bestimmt nicht herunterbekommen.

„Also, Sie sind nicht gut auf Maximilian Hofstetter zu sprechen, das haben wir nun verstanden", kam Grimm zum Thema zurück. „Fangen wir trotzdem noch mal von vorne an. Welche Position hatten Sie in seinem Unternehmen?"

„Ich war in der Buchhaltung. Habe als Lehrling dort angefangen und mich bis zum Chefbuchhalter hochgearbeitet. Immer loyal, zuverlässig und pünktlich." Stolz klang aus seiner Stimme. „Und nun das."

Mats freute sich, mit seiner Vermutung richtig gelegen zu haben. Menschenkenntnis war in seinem Job wichtig.

„Chefbuchhalter", führte Grimm das Gespräch fort. „Das ist eine verantwortungsvolle Position. Dafür haben Sie bestimmt hart gearbeitet."

Wieder glomm Misstrauen in Nils Peters´ Augen auf. Ganz offensichtlich wusste er nicht einzuschätzen, ob der Kommissar es ernst meinte oder ihn veralberte.

„Ja, das habe ich", antwortete er knapp.

Grimm nickte. „Und Sie hatten sicherlich Einblick in alle Zahlen und die gesamte Geschäftstätigkeit von Maximilian Hofstetter."

„Klar. Worauf wollen Sie hinaus?", fragte Peters.

Mats stellte sich die gleiche Frage.

„Gab es irgendwelche Unregelmäßigkeiten?"

Natürlich! Clever, so weit hatte er selbst nicht gedacht. Bestimmt war die Firma verschachtelt. Hinzu kam das umfangreiche Spendenaufkommen. Da musste nicht alles mit rechten Dingen zugehen.

„Unregelmäßigkeiten?" Nils Peters Augen weiteten sich. „Wollen Sie mir unterstellen, meine Position ausgenutzt zu haben, um mir etwas in die eigene Tasche zu wirtschaften?"

Auch das war möglich. War der Buchhalter deswegen gefeuert worden?

„Meine Frage zielte eigentlich darauf ab, ob es Hofstetter mit seinen Steuerzahlungen nicht so genau genommen hat", stellte Grimm klar.

Nils Peters atmete erleichtert aus. Offensichtlich hatte er vor Schreck die Luft angehalten. „Davon ist mir nichts bekannt. Aber natürlich könnte es sein, dass ich deswegen gehen musste. Hofstetter wusste, wie korrekt ich bin. Irgendwelche Mauscheleien mit dem Ziel der Steuerhinterziehung hätte ich auf keinen Fall gedeckt. Auch nicht gegen einen Bonus, wenn Sie wissen, was ich meine." Er nickte bekräftigend.

Sagte er die Wahrheit oder wollte er sich lediglich schützen?

„Okay. Wo waren Sie am Abend des 25. Mai? Das war ein Samstag", wechselte Grimm unvermittelt das Thema.

Der Buchhalter wurde blass. Allen Anschein nach konnte er das Datum zuordnen. „Darauf wollen Sie hinaus? Stehe ich unter Verdacht, Max Hofstetter getötet zu haben? War das alles hier nur Vorgeplänkel?" Er wurde lauter. Seine Gesichtsfarbe veränderte sich schlagartig in ein glühendes

Rot. „Also gut. Dann will ich mal Klartext schnacken. Seit er mich von einem Tag auf den anderen nach so viel Jahren der Loyalität einfach auf die Straße setzte, habe ich ihn gehasst. Anders kann ich es nicht ausdrücken. Mit Mitte fünfzig bekommen Sie keinen vernünftigen Job mehr.“

Peters sah also älter aus, als er war.

„Das hatte ich nicht verdient – und erst recht nicht auf so abgefeimte Art und Weise. Mir unentschuldigtes Fernbleiben vom Arbeitsplatz vorzuwerfen, in einer Phase, in der die Jahresabschlüsse gemacht werden müssen. Und das mir! Das war wirklich eine bodenlose Unverschämtheit. Ja, er ist damit durchgekommen. Und das hat mich noch wütender gemacht. Ich hätte ihm wirklich gerne den Hals umgedreht, aber was hätte es mir genützt?“

„Rache. Genugtuung durch Rache“, erwiderte Grimm.

„Pfft. Das bringt mir weder meinen Job noch meinen guten Ruf zurück. Rache. Pah! Das ist was für Kleingeister. Kann man vergessen! Schauen Sie sich lieber die Lebensumstände seiner Kinder an. Die haben viel eher ein Motiv, ihren Vater zu ermorden. Max Hofstetter war denen gegenüber immer hart und geizig, das habe ich nie verstanden. Als ob ihm diese ganzen fremden Bälger wichtiger als sein eigenes Fleisch und Blut waren. In meinen Augen ist das grotesk. Bei aller Korrektheit, die mir durch meine Erziehung mitgegeben wurde, könnte ich das sogar nachvollziehen. Die werden sicherlich erben. Ist das Testament bereits eröffnet?“

„Nein“, antwortete Grimm knapp.

Mats nahm sich vor, gleich am nächsten Tag in Erfahrung zu bringen, ob es ein Testament gab und wer es verwaltete.

„Also liegen Ihnen irgendwelche vermeintlichen Beweise gegen mich vor oder ist das nur eine weitere Demütigung, die ich über mich ergehen lassen muss?“, fragte Peters aufgebracht.

„Sie wurden auf der Spendengala gesehen“, behauptete Grimm.

Dem Buchhalter entgleisten die Gesichtszüge. Seine Erregung schlug schlagartig in Betroffenheit um. „Das ist nicht möglich!“, flüsterte er. „Wer behauptet denn sowas?“

„Das tut nichts zur Sache“, wich Grimm aus.

„Das tut sehr wohl was zur Sache“, regte sich Peters wieder auf. „Ich wurde schon einmal verleumdet. Das hat mein Leben nahezu zerstört. So etwas lasse ich mir nicht anhängen. Wer hat das behauptet? Ich habe ein Recht, es zu erfahren!“

„Sie sind also da gewesen?“, überging Grimm die Forderung.

„Nein! Was soll ich auf einer Spendengala für die Reichen und Schönen? Das habe ich beides nicht zu bieten, das sehen Sie ja wohl mit eigenen Augen. Außerdem: Wer soll mir dazu eine Einladung schicken? Glauben Sie allen Ernstes, dass ich dorthin eingeladen wurde?“

„Sie wurden dort gesehen, Herr Peters“, wiederholte Grimm, wohl um den Druck zu erhöhen.

„Das ist unmöglich, denn ich bin nicht auf dieser Gala gewesen. Ich war nicht einmal in der Nähe. Da hat man Ihnen einen Bären aufgebunden, Herr Kommissar. War es der nichtsnutzige Krischan? Vielleicht wollte er von seiner eigenen Person ablenken.“

Grimm schluckte. Hatte Peters mit seiner Behauptung recht?

„Haben Sie ein Alibi für diesen Abend, Herr Peters?“, fragte Mats an seiner Stelle.

„Jawohl, das habe ich. Von achtzehn Uhr bis circa Mitternacht habe ich mit zwei Freunden Skat gespielt. Natürlich können das beide bezeugen."

„Warum haben Sie das nicht gleich gesagt?", brummte Grimm, während Mats sich ärgerte, dass sie erneut in einer Sackgasse gelandet waren.

Mats in Husum

Freitag, den 31. Mai

Obwohl Mats sich nicht sonderlich viel von dieser Fährte versprochen hatte, fühlte er sich frustriert. Missgelaunt saß er während der Rückfahrt zum Revier auf dem Beifahrersitz neben Grimm, unfähig auch nur ein Wort mit ihm zu wechseln. Als ob er das Eintreffen der Durchsuchungsbeschlüsse dadurch erzwingen konnte, rief er quasi minütlich seine eMails ab. Ohne Erfolg.

Stattdessen klingelte schließlich sein Smartphone. Kurz hoffte er, der Richter würde sich telefonisch melden, wurde aber erneut enttäuscht. Auf dem Display stand der Name Emily Anderson. Nicht schon wieder!

„Wollen Sie nicht rangehen?“, fragte Grimm ebenfalls leicht gereizt. Auch ihm schien es zu schaffen zu machen, dass sie einfach nichts Konkretes in der Hand hatten.

„Ich bin mir nicht sicher“, murmelte Mats und starrte weiter auf das Display.

„Wieso? Wer ist es?“

„Dreimal dürfen Sie raten.“ Es klang patzig und missgelaunt.

Grimm musste unwillkürlich grinsen. „Aha. Na, die werden wir im Leben nicht mehr los. Was will sie denn?“

„Um das zu erfahren, müsste ich rangehen.“

„Tja, dann machen Sie das.“ Grimm war ihm einen kurzen Blick zu. „Oder haben Sie etwa Angst?“ Sein Grinsen wurde breiter.

„Sowas Ähnliches“, gab Mats offen zu. „Manchmal nervt sie mich.“

„Die Geister, die ich rief.“

Das Telefon verstummte. Die Mailbox war angesprungen. Auch gut. Konnte er erst mal hören, was sie wollte.

Aber so leicht ließ sich die ambitionierte Hobbyermittlerin nicht abwimmeln. Kaum hatte Mats die Augen geschlossen, um für einen Moment zu entspannen und die miese Laune abzuschütteln, klingelte es noch mal.

„Da müssen Sie jetzt durch“, kommentierte Grimm. In seiner Stimme klang ein wenig Schadenfreude mit.

Ergeben nahm Mats den Anruf an. „Moin Emily! Was gibt es Neues?“

„Oh, das wollte ich Sie gerade fragen“, parierte sie auf die Art, die Mats befürchtet hatte.

Unwillkürlich musste er grinsen. Zwar war die Schriftstellerin eindeutig eine Nervensäge, aber er mochte sie trotzdem. Und vielleicht trug sie wie gewohnt etwas Nützliches bei. Da er nur untätig herumsaß, während Grimm den Wagen lenkte, konnte er sich genauso gut mit ihr austauschen.

„Während wir auf die Durchsuchungsbeschlüsse warten, haben wir einen entlassenen Mitarbeiter überprüft."

„Nils Peters", mutmaßte sie atemlos. „Und?"

Es verwunderte ihn wenig, dass sie bereits auf den Namen gestoßen war. „Sackgasse", nahm er ihr den Enthusiasmus, bevor er einige Details berichtete.

„Kam mir ohnehin eher unwahrscheinlich vor", kommentiere sie pragmatisch.

„Genau. Haben Sie was rausgefunden? Vielleicht am Montagabend bei der Familie?"

„Ja, Anna hat von ihrer Ehe und dem Verhältnis zwischen den Kindern und ihrem Vater berichtet. Aber das war recht oberflächlich. Ich will noch mal hin und das Gespräch vertiefen."

Natürlich. Was sonst.

Nachdem er Emilys magere Fakten – oder waren es lediglich Interpretationen? – angehört hatte, beendete er das Telefonat. Er fühlte sich ausgelaugt und hatte keine Lust, länger als nötig zu schnacken.

Seine Zweifel, die Beschlüsse überhaupt zu bekommen, stiegen mit jeder Minute.

Nach einer unruhigen Nacht war Mats am Freitag sehr früh an seinem Schreibtisch. Die morgendliche Joggingrunde hatte seine Sorgen vertrieben und ihn mit Optimismus erfüllt. Solche Phasen, in denen sie auf der Stelle traten, gab es schließlich in jedem Fall. Irgendwann kam trotzdem der Durchbruch. So würde es auch dieses Mal wieder sein. Davon war er plötzlich überzeugt. Und wurde kurz darauf belohnt.

Endlich waren die Beschlüsse eingetroffen.

Am liebsten wäre er sofort losgefahren, wartete stattdessen aber auf Grimm. Während er überlegte, ob er ihn anrufen sollte – was dieser eigentlich auf den Tod nicht ausstehen konnte – öffnete sich die Tür und der ältere Kollege trat ein. Auch ihn hatte wohl die Ungeduld früh aus dem Bett getrieben.

„Und? Können wir loslegen?“, fragte er statt einer Begrüßung.

Mats nickte strahlend.

„Das wurde aber auch Zeit. Mit wem fangen wir an? Anna oder Krischan Hofstetter?“

„Anna“, antworte Mats nach kurzer Überlegung. „Ich denke, es kann nicht schaden, die Sachen des Toten zu durchsuchen. Vielleicht gibt es da Hinweise auf den Mord.“

Was der ältere Kollege anerkennend bestätigte. „Sie machen sich.“ Das war für Grimms Verhältnisse ein großes Lob.

„Na, dann mal los.“

Das Einfamilienhaus der Hofstetters lag am nördlichen Stadtrand von Husum und machte einen vergleichsweise bescheidenen Eindruck. Mats hatte zwar bisher keinen Einblick in die Finanzen des Unternehmerehepaars bekommen, war jedoch von etwas Imposanteren, wenn nicht sogar Protzigeren ausgegangen. Immerhin wurde den Neureichen oft nachgesagt, dass sie ihren Wohlstand gerne zur Schau stellten. Das taten Anna und Max Hofstetter nicht beziehungsweise hatten sie nicht getan.

Bei dem Bau handelte es sich um ein für die Region typisches und sehr geschmackvolles Haus unter Reet, das sich unauffällig in die Nachbarschaft eingliederte. Um den Überraschungseffekt zu wahren, kamen die Kommissare ohne Ankündigung. Als Mats den Klingelknopf drückte, ertönte ein dezenter Dreiklang. Kurz darauf öffnete Anna Hofstetter selbst die Tür. Auch da wurde Mats in seiner Erwartung getäuscht. Er hatte mit einer Hausangestellten gerechnet, aber vielleicht hatte die heute frei.

„Sie schon wieder“, sagte sie statt einer Begrüßung. „Gibt es was Neues?“

„Ja, so kann man es ausdrücken. Moin Frau Hofstetter. Dürfen wir eintreten?“, fragte Grimm freundlich.

„Ja, natürlich. Wie unhöflich von mir. Bitte entschuldigen Sie. Ich bin nach wie vor neben der Spur, wie man so schön sagt. Mit allem hätte ich gerechnet, aber nicht mit einem Mordanschlag auf meinen Mann. Und das ausgerechnet auf seiner liebsten Veranstaltung. Aber was rede ich! Kommen Sie ins Wohnzimmer. Möchten Sie etwas trinken?“

Beide lehnten ab. In Kürze würde ein Team von der Spurensicherung zur Unterstützung eintreffen. Dieses Mal ging es weniger um eine Befragung als um die Sichtung der Räume.

„Wollen Sie Platz nehmen?“, fragte sie im Wohnzimmer angekommen.

„Nein danke.“

„Oh“, rief sie aus. „Unterhalten wir uns im Stehen?“

„Frau Hofstetter.“ Grimm räusperte sich. Wie es aussah, fühlte er sich nicht besonders wohl in seiner Haut, der Witwe den Beschluss zu präsentieren. „Es tut mir sehr leid, aber wir sind hergekommen, um Ihr Haus zu durchsuchen. Hier ist die richterliche Verfügung.“

Anna Hofstetter taumelte. Ihr schien schwindelig zu werden. Beherzt griff Mats nach ihrem Arm und führte sie zu dem Sofa, auf das sie erleichtert sank.

„Ist das wirklich notwendig?“, fragte sie leise. „Was erwarten Sie hier zu finden? Stehe ich etwa unter Verdacht, meinen Mann getötet zu haben?“

„Nein, bis auf die Fingerabdrücke Ihrer Tochter gibt es keine konkreten Spuren. Gerade deshalb müssen wir gründlich vorgehen.“

„Das verstehe ich, Herr Kommissar Grimm. Aber ausgerechnet hier bei mir?“

„Leider handelt es sich dabei um das übliche Vorgehen“, erklärte er ihr sanfter, als es sonst seine Art war. „Hier!“ Er reichte ihr das Schriftstück.

Sie warf einen flüchtigen Blick darauf und nickte schließlich. „Ja, in Ordnung, machen Sie Ihre Arbeit. Kann ich etwas tun?“

„Das sehen wir im Laufe der Durchsuchung. Vermutlich werden sich Fragen ergeben. Es wäre hilfreich, wenn Sie uns diese beantworten.“

„Ja, natürlich. Das mache ich.“

„Haben Sie im Haus einen Computer?“, begann Grimm.

„Oben gibt es ein Arbeitszimmer, das Max und ich gemeinsam benutzen ... benutzten. Manchmal auch die Kinder, wenn sie hier waren. Das kam allerdings selten vor. Dafür haben sie ja ihre Smartphones.“ Die Situation schien sie nervös zu machen und zum Reden zu animieren.

Den Kommissaren sollte es recht sein, wenn sie dadurch mehr in Erfahrung brachten.

„Ist der PC passwortgeschützt?“, fragte Mats.

„Ja, soll ich es Ihnen zeigen?“, bot sie an.

Mats wunderte sich ein bisschen, weil sie sich Anfang der Woche komplett verweigert hatte, aber vielleicht war der Schock anfangs zu groß gewesen und sie hatte sich mittlerweile gefangen.

„Gern."
Wenig später saß Mats an dem Computer. „Nutzen Sie alle dasselbe Profil?"

Sie nickte. „Wir haben keine Geheimnisse voreinander." Kaum hatte sie es ausgesprochen, fing sie leicht hysterisch an zu lachen. „Das klingt jetzt vor dem Hintergrund der aktuellen Ereignisse völlig hohl, aber bis zu Max´ Tod habe ich es so empfunden. Komisch, plötzlich scheint alles anders zu sein."

„Das tut mir leid", erklärte Mats, bevor er sich wieder dem Bildschirm zuwandte. Als Erstes wollte er den Browserverlauf und die Mails checken, anschließend die gespeicherten Dateien.

Es klingelte an der Tür.

„Ich komme klar, Sie können ruhig öffnen und im Anschluss unten bleiben, wenn Sie möchten."

Sie zögerte, folgte jedoch seinem Vorschlag und verließ den Raum.

Mats machte sich ans Werk und wurde bereits nach kurzer Zeit fündig. Jemand hatte zum Thema Vergiftung recherchiert, der Schwerpunkt lag dabei bei Zyanid. Das war ja fast zu offensichtlich. Heutzutage wusste jeder, dass der Computer solche Verläufe speicherte – und man sie ganz leicht löschen konnte, oder etwa nicht? Er notierte sich einige Details und suchte weiter nach Auffälligkeiten, die mit dem Mord in Verbindung stehen konnten.

Nach einer Stunde hatte er alles Mögliche gecheckt, aber nicht mehr gefunden. Das Zyanid schien nicht über diesen Computer bestellt worden zu sein.

„Na, waren Sie erfolgreich?" Grimms Kopf erschien an der geöffneten Tür.

„Nichts Bahnbrechendes, aber immerhin", erklärte Mats und berichtete über den Fund.

„Können Sie sehen, wann und wer das recherchiert hat?“, fragte der Kollege interessiert.

„Nein, leider nicht. Scheint eine Weile her zu sein. Es gibt einige aktuellere Einträge, aber wer es war, kann ich leider nicht sagen.“ Mats wünschte selbst, es wäre anders.

„Das bringt uns also nicht wirklich weiter“, bedauerte Grimm.

„Zumindest nicht sehr weit. Und sonst? Wie sieht es unten aus?“

„Im Keller steht ein Vorrat der Mineralwasserflaschen, was ebenfalls nicht weiter verwunderlich ist, wenn es Hofstetters bevorzugte Marke war.“

„Fingerabdrücke?“

„Die Spusi ist dran.“

„Sonst was Verdächtiges?“

„Bisher leider nicht. Aber die Frau steht nicht oben auf meiner Liste der Verdächtigen. Wenn Sie hier fertig sind, sollten wir den Technikern das Feld überlassen und dem Sohn des Hauses auf den Zahn fühlen.“

„Von mir aus können wir sofort los. Ich bin hier fertig. Die sollten den Rechner mit ins Labor nehmen“, schlug Mats vor.

„Ich sage Bescheid.“

Eine halbe Stunde später erreichten sie die bescheidene Wohnung von Krischan Hofstetter, der ebenfalls in Husum wohnte. Mats hoffte inständig, dass dieser zu Hause war und sie ihre Arbeit gleich fortsetzen konnten.

Obwohl es bereits Mittag war, öffnete ihnen ein verschlafener Krischan mit verwuschelten Haaren. „Ja?“

Grimm stellte beide vor und hielt ihm sofort die Verfügung unter die Nase. Ganz offensichtlich wollte er Hofstetters Sohn nicht schonen.

„Was ist das?“, fragte dieser überrumpelt.

„Lesen Sie selbst“, motzte Grimm. Dass Krischan ihn angelogen hatte, ärgerte den erfahrenen Ermittler nach wie vor.

„Durchsuchungsbeschluss“, murmelte er, rieb sich die Augen, schien aber plötzlich wacher zu werden. „Ernsthaft? Für meine Bude hier?“

„So ist es. Und für Ihr Auto. Keine Fisimatenten und keine Lügen mehr, sonst verhaften wir Sie schneller, als Sie eine vernünftige Hose anhaben.“

„Okay, okay. Immer entspannt bleiben. Ich habe nichts zu verbergen.“

„Sie meinen, Sie haben Ihren Stoff irgendwo in Sicherheit gebracht, wo wir ihn nicht finden können.“

Krischan wirkte ein wenig erschrocken. „Ich kokse nicht regelmäßig, nur ab und zu auf einer Party. Man will ja schließlich ein bisschen Spaß haben.“

„Traurig, wenn das nur mit Drogen möglich ist. Also, genug gesabbelt, lassen Sie uns rein“, wurde Grimm massiver.

Krischan fügte sich ohne weitere Widerworte, was allerdings wenig nützte. Die Einzimmerwohnung war schnell durchsucht und brachte sie keinen Schritt weiter.

„Warum haben Sie uns bezüglich Nils Peters angelogen?“, wollte Grimm wissen, bevor sie rausgingen, um das Auto zu filzen.

„Ich habe nicht gelogen. Mein Vater hat ihn rausgeschmissen. Und der Typ war vor dem Arbeitsgericht. Das war also alles andere als koscher“, verteidigte sich Krischan.

„Aber auf der Gala war er nicht“, stellte Grimm fest.

„Nicht? Na, dann habe ich mich eben getäuscht. Das kann schließlich passieren.“

„Während einer Mordermittlung kommt da der Verdacht der Falschaussage auf. Vor Gericht wäre das ein Meineid, der Sie ins Gefängnis bringen kann."

Krischan zuckte zusammen, hatte sich aber schnell wieder im Griff. „Das war nicht meine Absicht. Ich wollte schließlich nur helfen, Herr Kommissar."

„Veräppeln kann ich mich alleine. Auch wenn wir heute nichts gefunden haben, sind Sie nicht aus dem Schneider. Ich habe Sie auf dem Kieker, nehmen Sie sich in Acht!" Damit drehte sich Grimm auf dem Absatz um und signalisierte Mats, es ihm gleich zu tun.

Dessen Frust war weiter gestiegen. Trotz der mageren Fakten hatte er allerdings den Eindruck, dass sich der Verdacht gegen die Familie erhärtete. Waren sie es alle gemeinsam gewesen oder nur einer von ihnen?

Emilia in Husum

Samstag, den 1. Juni

Emilia hatte den gesamten gestrigen Tag darüber nachgedacht, wie sie die leicht gewagte These überprüfen konnte. Nach wie vor erschien es eher abwegig, dass Dr. Roland Schneider mit Anna oder Franziska Hofstetter in eine heimliche Affäre verstrickt war, aber schließlich hörte man oft von solchen Verwicklungen. Noch häufiger kamen derartige Intrigen vermutlich vor, wenn es um viel Geld ging – und das war hier eindeutig der Fall.

Sie musste erneut mit allen Familienmitgliedern schnacken. Und das sollte sich unverfänglich anfühlen - wie eine Plauderei unter Freunden. Hhm, das war vielleicht übertrieben. So nah stand sie schließlich keinem der

Beteiligten. Nein, sie würde sie einfach um Hilfe bitten. Die Frauen sprachen lieber mit ihr als mit der Polizei, das hatten beide bestätigt. Und Schneider hatte sich als Fan ihrer Bücher geoutet. Als jahrelanger Leibarzt von Max Hofstetter musste er zumindest kooperativ tun.

Emilia beschloss am Samstagmorgen, alle drei an diesem Tag aufzusuchen. Sie wollte mit dem Mediziner beginnen. Der Versuch, im Netz mehr über Schneider herauszufinden war nicht von besonderem Erfolg gekrönt gewesen. Er führte in Husum seit Jahrzehnten eine eigene Praxis. Alles schien unauffällig. Es gab weder Skandale noch irgendwelche Entgleisungen. Der Arzt führte ein gutbürgerliches Leben. Hatte er vielleicht heimliche Geldsorgen, die er auf diese Weise lösen wollte? Sie war gespannt, was sie dazu herausfinden würde.

Wie zu erwarten war, zeigte sich Roland Schneider äußerst überrascht, als sie am späten Vormittag unangemeldet vor seiner Tür stand und ihn um ein Gespräch bat. Zwischen seinen Augenbrauen bildete sich eine Falte, die Unmut zum Ausdruck brachte. Vielleicht hätte sie lieber vorher anrufen sollen. Allerdings schien ihr dadurch die Gefahr größer, abgewimmelt zu werden. Einen Moment lang befürchtete sie nun trotzdem, dass er ihr die Tür vor der Nase zuschlug. Der Impuls dazu war deutlich erkennbar. Dann entspannten sich seine Gesichtszüge und ein Lächeln wurde sichtbar.

„Emily Anderson, das ist ja eine Überraschung. Mit Ihrem Besuch hätte ich heute wirklich nicht gerechnet“, erklärte er. „Was verschafft mir die Ehre?“

„Moin Dr. Schneider. Bitte entschuldigen Sie den Überfall, aber ich würde mich gerne mit Ihnen über Max

Hofstetter unterhalten. Franziska hat mich gebeten, die Polizei bei der Aufklärung des Mordes zu unterstützen."

Schneider zuckte zusammen. „Ja, schrecklich. Ich kann es nicht fassen, dass er einem Mordanschlag zum Opfer gefallen ist. Kommen Sie herein. Ich habe gerade einen Kaffee aufgesetzt – oder bevorzugen Sie Tee?"

„Wenn ich die Wahl habe, nehme ich lieber einen Tee", bestätigte sie und folgte ihm in einen hellen Wohnbereich mit offener Küche.

„Kein Problem."

„Leben Sie allein?", fragte Emilia.

„Ja, meine Frau ist vor drei Jahren gestorben. Seitdem schlage ich mich alleine durch." Es klang traurig und ein wenig verbittert.

Emilia beschloss, nicht nachzuhaken. Im Grunde war die Frage ohnehin zweitrangig und ihr so herausgerutscht. „Tut mir leid", antwortete sie schlicht.

Er nickte und beschäftigte sich mit der Zubereitung des Tees. „Was wollen Sie über Max wissen?", wechselte er schließlich das Thema.

Emilia überlegte, wie sie das Gespräch am besten aufbauen sollte. Sie musste behutsam vorgehen, wenn sie möglichst viel herausbekommen wollte. Ihr war klar, dass Schneider an die Schweigepflicht gebunden war, was Hofstetters gesundheitlichen Zustand betraf. Und sie wollte ja ebenfalls mehr über den Mediziner selbst in Erfahrung bringen.

„Wie lange kannten Sie sich?"

„Ach, eine Ewigkeit. Knapp zwanzig Jahre. Max kam damals für eine normale Routineuntersuchung in meine Praxis. Er fühlte sich ausgebrannt und häufig erschöpft, aber körperlich war alles in Ordnung. Seitdem ließ er sich einmal im Jahr durchchecken."

„War aber gesund?“, fragte sie.

„Bei aller Sympathie wissen Sie sicherlich, dass ich dazu nichts Konkretes sagen darf.“

„Hhm, gilt das auch, wenn es der Aufklärung eines Verbrechens dienlich ist?“, hakte sie mit einem Augenzwinkern nach.

„Leider ja. Und das nehme ich sehr genau“, antwortete Schneider ernst.

„Ich verstehe.“ Sie musste es anders versuchen. „Hat sich zwischen Ihnen eine Freundschaft entwickelt oder war es eher eine Geschäftsbeziehung?“

„Das ist eine gute Frage. Wir haben uns gut verstanden und es bestand ein Vertrauensverhältnis. Das liegt wohl in der Natur der Sache. Wirklich befreundet waren wir allerdings nicht. So weit würde ich nicht gehen. Wir haben uns gegenseitig sehr geschätzt“, fügte er hinzu.

„Sie haben sich, von dieser Gala einmal abgesehen, also nicht privat getroffen?“ Emilia wollte die Beziehung richtig einordnen können.

„Das ist korrekt.“

Wie konnte sie bloß etwas über sein Verhältnis zu den beiden Frauen herausfinden, ohne mit einer direkten Frage seinen Unmut zu erzeugen? Sie musste sich langsam herantasten.

„Zwischen den Familienmitgliedern scheint es eine Menge Konflikte zu geben. Wissen Sie mehr darüber? Gehören Anna und die erwachsenen Kinder ebenfalls zu Ihren Patienten?“

„Worauf wollen Sie hinaus?“ Ein Schatten fiel über sein Gesicht.

„Sind Sie mit den Familienmitgliedern intensiver ins Gespräch gekommen?“

„Das habe ich verstanden. Aber was ist das Ziel dieser Frage? Stehen Anna und die Kinder etwa unter Verdacht?“

„Es gibt bislang wenig Konkretes. Und bitte verstehen Sie mich richtig. Es liegt nicht in meiner Absicht, einen möglichen Verdacht zu erhärten. Im Gegenteil. Franziska bat mich um Hilfe und auch Anna Hofstetter spricht lieber mit einer Frau. Mein Ziel ist, die Familie zu entlasten.“

„Was Ihnen kaum gelingen wird, wenn Beweise gegen sie auftauchen. Nichts für ungut, Frau Anderson.“

Das klang ja fast so, als würde er etwas wissen. Oder täuschte sie sich? Richtig einschätzen konnte sie ihn nicht und er schien wenig gewillt zu sein, daran etwas zu ändern. Wie sollte sie weiter vorgehen? Die gewünschten Informationen hatte sie bisher nicht erhalten. Ihr Gefühl sagte ihr, dass sie mit einer direkten Frage ihrem Ziel kaum näherkommen würde. Sollte sie abbrechen und zu den Frauen fahren? Die waren ihr immerhin gewogen und vermutlich auskunftsfreudiger.

Auf dem Weg zu Anna Hofstetter überlegte Emilia, ob sie offensiver hätte sein sollen, obwohl ihr Bauchgefühl ihr davon abgeraten hatte. Sollte sie Anna oder später Franziska direkt mit ihrer gewagten These konfrontieren? Wie konnte sie es verpacken, ohne sofort des Hauses verwiesen zu werden?

Auf keinen Fall wollte sie den Unmut der Frauen erzeugen und damit ihre Mitarbeit bei dieser Mordermittlung gefährden. Sie war davon überzeugt, dass die Lösung des Falles über die Familienmitglieder führte. Anna und Franziska vertrauten ihr. Dieses Vertrauen durfte sie nicht enttäuschen. Eine direkte Konfrontation kam also nicht in Frage. Sie musste behutsamer, vielleicht sogar subtil vorgehen.

Während der kurzen Fahrt zu Anna Hofstetters Haus legte sie den Anfang ihrer Gesprächsstrategie fest. Im Anschluss musste sie improvisieren, je nachdem wie es sich entwickelte. Hoffentlich traf sie sie überhaupt an, und das am besten alleine.

Die frisch gebackene Witwe wirkte erfreut über Emilias Besuch. Vielleicht machte ihr die Einsamkeit zu schaffen. Da war ein wenig Gesellschaft eine willkommene Ablenkung. Sie führte Emilia ins Wohnzimmer und bot ihr etwas zu trinken an.

„Was für eine angenehme Überraschung, Emily. Gibt es einen besonderen Anlass für Ihr Kommen?"

„Ich wollte sehen, wie es Ihnen geht und ein wenig über Ihren Mann und Ihre Familie plaudern. Jede Information kann der Aufklärung der Tat dienlich sein."

„Mit geht es nicht besonders", gab sie ehrlich zu. „Das Ganze ist ein Schock. Außerdem waren Max und ich so lange zusammen, es ist ungewohnt und plötzlich sehr still." Tränen traten in Annas Augen. „Bitte entschuldigen Sie."

„Ich bitte Sie, das ist völlig verständlich." Emilia nahm Annas Hand und drückte sie. Fast hätte sie die Witwe in den Arm genommen, aber das war wohl zu übergriffig.

„Es ist schwer", flüsterte diese dankbar. „Aber ich werde es schaffen."

„Ganz bestimmt", sprach Emilia ihr weiter Trost zu. „Wollen Sie mir ein bisschen mehr über Ihren Mann und Ihr gemeinsames Leben erzählen? Würde Ihnen das helfen?" Vielleicht war es ja genau umgekehrt.

„Gern." Ein schwaches Lächeln zog über ihr Gesicht. „Vielleicht lenkt mich das ein wenig ab."

„Bestimmt", bestätigte Emilia. „Wie haben Sie sich kennengelernt?"

„Ach, das war ganz klassisch. Ich habe als junge Sekretärin in Max´ Unternehmen angefangen. Heutzutage nennt man das wohl Assistentin der Geschäftsleitung. Nach und nach wurde ich seine rechte Hand und habe mich unentbehrlich gemacht."

„Es hat also eine Weile gedauert, bis aus Ihnen ein Paar wurde?"

„Ja, genau. Ich wollte nichts mit dem Chef anfangen und mir außerdem eine gewisse Unabhängigkeit erarbeiten. Erst nach Jahren habe ich einem privaten Treffen zugestimmt – und mich relativ schnell verliebt. Bis Franziska geboren wurde, habe ich weiter im Betrieb gearbeitet. Danach wollte Max das nicht mehr." Ein Schatten fiel über ihr Gesicht und überdeckte die positiven Erinnerungen.

Emilia gab ihr Zeit, sich wieder zu fangen und die Richtung des weiteren Gesprächs selbst zu bestimmen. Sie konnte jedoch erahnen, dass sich aus dieser Einstellung zwischen den Eheleuten ein Konflikt entwickelt hatte.

„Eigentlich soll man ja nicht schlecht über die Toten sprechen, aber ich würde gerne mal mit jemandem darüber reden, wie es wirklich war. Wie ich unser Zusammenleben empfunden habe. Darf ich mich Ihnen anvertrauen, Emily, oder fühlen Sie sich damit überfordert? Ich möchte Ihre Freundlichkeit nicht missbrauchen", fügte Anna leise hinzu.

„Machen Sie sich darüber keine Gedanken", erwiderte Emilia prompt. Das war genau das, was sie sich insgeheim erhofft hatte. „Ich kann gut zuhören und schweigen, wenn es angemessen ist."

„Ich danke Ihnen. Sagen Sie mir ehrlich, wenn es Ihnen zu viel wird. Dafür habe ich Verständnis. Manchmal ist es leichter mit einer Person, die einem nicht nahesteht, über solche Dinge zu sprechen." Sie legte eine Pause ein und schien ihre Gedanken zu sortieren. „Wissen Sie, nach außen haben Max und ich sehr harmonisch gewirkt. Wie ein eingespieltes Team, das allen Widrigkeiten trotzt. Im Grunde war es auch so, aber mit den Kindern ist unsere Zweisamkeit nach und nach auf der Strecke geblieben. Max hat immer mehr gearbeitet und ich habe mich um den Haushalt und deren Erziehung gekümmert."

Emilia nickte ab und zu. Selbst wenn Annas Redefluss ins Stocken geriet, hielt sie sich zurück und wartete geduldig, bis sie ihren Bericht fortsetzte.

„Bitte verstehen Sie mich richtig. Ich liebe meine Kinder und ich möchte nicht undankbar erscheinen. Trotzdem hatte ich mir als junges Mädchen ein anderes Leben erträumt. Es ist unglaublich beruhigend, wenn man sich um Geld keine Sorgen zu machen braucht, aber ich hätte gerne selbst etwas bewirkt. Mehr als mich nur um die häuslichen Pflichten zu kümmern."

Emilia fragte sich automatisch, ob Anna ihre Tätigkeit als Sekretärin meinte.

„So wie viele Menschen hatte auch ich einen Traum. Sie sind Schriftstellerin und können mich bestimmt verstehen. Ich hätte ebenfalls gerne künstlerisch gearbeitet." Wieder legte sie eine Pause ein. Dabei wirkte sie ein wenig verlegen. Vielleicht überlegte sie, ob sie mit dieser Offenbarung zu weit gegangen war.

„Was hat Sie abgehalten?", ermunterte Emilia sie zum Weiterreden.

„Max", kam die knappe Antwort. Dabei bildete sich ein harter Zug um ihren Mund, der neu war.

„Er hat sie gehindert?"

„Mit allen verfügbaren Mitteln", brach es aus Anna heraus. „Nachdem die Kinder groß genug waren, wollte ich gerne studieren. Innenarchitektur oder Kunst. Allein, dass ich zwischen diesen beiden Fachrichtungen schwankte, legte er mir als Schwäche aus. Eine Unternehmergattin - das waren seine Worte - gehöre an seine Seite und ins Haus. Was sollten die Leute denken, wenn ich wieder arbeiten würde? Als ob er die Familie nicht allein ernähren könnte.“

„Das ist aber widersprüchlich, wenn Sie erst einmal studieren wollten“, gab Emilia zu bedenken.

„Wem sagen Sie das. Das war aber nicht der Punkt, der mich so ärgerte. Ich dachte, ich hätte einen modernen Mann geheiratet, stattdessen fühlte ich mich in die fünfziger oder sechziger Jahre zurückversetzt. Ich habe mich wirklich unterdrückt gefühlt. Können Sie das verstehen?“, fragte sie hoffnungsfroh.

„Natürlich!“, erwiderte Emilia voller Inbrunst. Nicht auszudenken, wenn Piet sich so verhalten würde. Auch wenn sie keine eigenen Kinder hatte, konnte sie sich keinesfalls vorstellen, ihre Arbeit aufzugeben. Schon gar nicht, weil jemand anders es wollte.

„Materiell hat es mir an nichts gemangelt. Ich habe seit Jahren ein monatliches Budget für meine persönlichen Wünsche zur Verfügung. Aber Geld ist eben nicht alles. Es hat sich wie ein goldener Käfig angefühlt.“

„Eigentlich ist es merkwürdig“, sinnierte Emilia.

„Was meinen Sie?“

„Ihr Mann hat es genauso empfunden, dass Geld allein nicht glücklich macht, oder?“

„Ja, das stimmt. In diesem Zusammenhang habe ich nie darüber nachgedacht.“ Anna bekam bei dem Gedanken einen regelrechten Energieschub. „Genau das war sein Problem. Damals dachte er, es würde ihn glücklich oder zumindest zufrieden machen, wenn er es finanziell schaffen und zu Wohlstand bringen würde. Das hat sich aber als Trugschluss seines Lebens erwiesen."

„Vielleicht hatte er doch mit Depressionen zu kämpfen, ohne dass es Ihnen bewusst war", überlegte Emilia.

„Ich bin weder Ärztin noch Psychologin, insofern kann ich das nur schwer beurteilen. Ich weiß aber sicher, wie unzufrieden Max war. In den letzten Jahren hat er immer häufiger über den Sinn des Lebens nachgedacht. Ist das bereits ein Anzeichen einer Depression?"

Mats in Husum

Montag, den 3. Juni

Nun gucken Sie sich mal diese Sauerei an!“ Grimm tat seinen Unmut direkt an der Tür zu ihrem Büro kund, kam schnellen Schrittes zu Mats´ Schreibtisch und klatschte ihm voller Wucht eine Zeitung vom heutigen Morgen auf die Arbeitsfläche.

Erschrocken zusammenzuckend warf er einen Blick auf die Titelzeile, neugierig, was bei dem sonst so besonnenen Kollegen einen derartigen Wutanfall ausgelöst hatte.

SCHULDIG!

Hofstetter-Kinder ermorden eigenen Vater

Die riesigen Buchstaben füllten die Hälfte der Seite aus.

Sofort begann Mats den Artikel zu lesen. Wer hatte diese vermeintlichen Informationen bloß an die Presse gegeben? Er selbst war es jedenfalls nicht gewesen - und der Kollege ganz offensichtlich auch nicht. Grimm gab ihm allerdings keine Gelegenheit sich auf die Zeilen zu konzentrieren, sondern polterte erbost weiter.

„Wie kommen diese Schmierfinken nur darauf, so einen Artikel zu verfassen? Das haben die sich alles aus den Fingern gesaugt!" Kurz hielt er inne. „Oder haben Sie denen etwa diese sogenannten Fakten geliefert?"

„Meinen Sie das ernst?", fragte Mats verdattert.

„Nein. Dachte ich auch nicht. Entschuldigen Sie, ich ärgere mich so sehr über diesen Mist. Wir rackern uns ab und kämpfen uns durch kleinteilige Ermittlungseinheiten und dann kommt ein Journalist daher und posaunt seine Fantasien in die Welt. Haben Sie das gelesen?"

„Äh, wenn Sie mir einen Moment Zeit geben", antwortete Mats verhalten. Auf keinen Fall wollte er ihn weiter provozieren und sich selbst ins Zentrum des Sturms begeben.

„Ja, schon gut, ich hole mir einen Kaffee", erklärte Grimm.

Mats lag auf der Zunge, dass ein Beruhigungstee wohl wesentlich zielführender wäre als ein aufputschender Kaffee, hielt sich aber mit dieser Weisheit zurück.

Stattdessen konzentrierte er sich auf den Artikel. Insgesamt bot dieser wenig Konkretes, fasste lediglich die Geschehnisse am Abend der Spendengala zusammen. Franziska Hofstetter wurde namentlich im Zusammenhang mit der bereitgestellten Wasserflasche genannt. Ob der Polizei Fingerabdrücke vorlagen, blieb unausgesprochen, aber die Leser dieses Artikels würden es wohl so interpretieren. Der

Journalist beschrieb den Tod durch Zyanid, das ohne Probleme übers Internet besorgt werden konnte. Ganz so einfach wie er es darstellte, war es in Wirklichkeit nicht, aber natürlich möglich. Alles sehr vage, aber so präsentiert, als ob ihm konkrete Fakten zu dem eingangs genannten Vorwurf vorlägen. Um seine These zu untermauern, erwähnte er abschließend eine gut informierte Quelle, die der Familie sehr nahestand.

Wen konnte er damit meinen? Mats zog sich einen Notizblock heran und notierte die Namen, die ihm spontan einfielen: Dr. Roland Schneider, Hennig Voss, Nils Peters. Gehörte etwa auch Anna Hofstetter dazu? Der Journalist rückte eindeutig nur die Kinder in den Fokus, nicht die Witwe.

Grimm erschien im Türrahmen. Offensichtlich hatte er sich wieder beruhigt. „Entschuldigen Sie meinen Ausbruch, da sind wohl die Pferde mit mir durchgegangen. Vor allem wollte ich Sie natürlich nicht angreifen. Das war unprofessionell."

Zwei Entschuldigungen an einem Morgen. Grimm musste wirklich ein schlechtes Gewissen haben!

„Schon vergessen", antwortete Mats großzügig. „Konzentrieren wir uns einfach auf unsere Arbeit. Wer steckt wohl hinter der gut informierten Quelle?"

„Das wüsste ich auch gerne", brummelte Grimm erneut unzufrieden. „Denjenigen könnte man gleich zusammen mit dem Schreiberling übers Knie legen."

„Vielleicht weiß wirklich jemand mehr als wir", mutmaßte Mats.

„Wer sollte das sein?"

„Genau das müssen wir herausfinden."

„Aber in dem Artikel steht nichts Konkretes. So gut informiert scheint die Quelle gar nicht zu sein“, moserte Grimm weiter.

„Was steckt dann dahinter? Will jemand von sich ablenken oder weiß er wirklich was und hat dem Journalisten nicht alle Fakten genannt? Vielleicht offenbart er sie scheibchenweise, um mehrfach abzukassieren“, schlug Mats vor.

„Das wäre eine Möglichkeit. Ich muss erst mal diesen Kaffee trinken und darüber nachdenken. Geben Sie mir eine halbe Stunde, dann setzen wir uns zusammen und entwickeln einen Schlachtplan.“

Mats war damit einverstanden, so konnte er in Ruhe alles durchgehen und sich quasi vorbereiten. Es war fraglich, ob Grimms entspannte Stimmung anhielt.

„Sind Sie bereit?“, fragte Grimm exakt eine halbe Stunde später, woraufhin Mats nickte. Die Fakten waren auch in der Zusammenfassung so mager, dass man sich kaum lange damit beschäftigen konnte. Jedenfalls nicht, wenn man es auf die belastenden Aspekte beschränkte.

„Gut, legen Sie los. Haben wir genug, um jemanden festzunehmen, wie dieser vorwitzige Journalist fordert?“ Der erfahrene Kollege ärgerte sich immer noch.

„Also, in meinen Augen haben wir lediglich ein paar Indizien, die es kaum rechtfertigen. Das reicht für keinen Haftbefehl der Welt.“

„So sehe ich es auch. Fingerabdrücke von Franziska Hofstetter, die ohnehin erklärt hat, dass sie die Flasche auf das Rednerpult gestellt hat, und ein Browserverlauf, der eine Giftrecherche offenlegt, reichen wohl kaum für eine Verhaftung.“

„Außerdem wüsste ich nicht, für wen genau. Ausgerechnet

Franziska hat den PC nicht benutzt. Wir können schlecht alle drei festnehmen“, stimmte Mats zu.

„Wenn es nach diesem Schreiberling geht, schon.“

„Ach, vergessen Sie den. Der zimmert einen Artikel zusammen und dann ist die Sache für ihn erledigt.“

„Das ist es ja, was mich so auf die Palme bringt.“

„Ganz ehrlich, Kollege Grimm: Das lohnt sich nicht“, versuchte Mats ihn zu beruhigen.

„Ich weiß. Sie haben ja recht. Aber wen kann er mit dieser angeblich vertrauenswürdigen Quelle meinen, die der Familie nahesteht? Hat er sich die etwa nur ausgedacht?“

„Gehen wir durch, wer infrage kommt“, schlug Mats vor und wiederholte die Namen auf seiner kurzen Liste.

„Hhm, glaube ich nicht. Vielleicht sollten wir den Journalisten vorladen, statt erneut mit der Familie zu sprechen. Irgendwie müssen wir endlich vorankommen.“

„Der wird mauern, da bin ich mir sicher. Lassen Sie uns lieber erneut mit allen Familienmitgliedern sprechen. Einzeln. Wir müssen sie irgendwie aus der Reserve locken.“ Mats kratzte sich unwillkürlich am Kopf. Genau genommen hatte er keine Ahnung, wie er das anstellen sollte.

„Wie denn?“, wollte Grimm prompt wissen.

„Vielleicht können wir sie gegeneinander ausspielen. Wenn sie wirklich Dreck am Stecken haben, wäre das eine gute Chance.“

„Könnte funktionieren. Das müssen wir aber wirklich richtig gut vorbereiten“, überlegte Grimm.

„Sowieso.“

Grimm wiegte seinen Kopf. „Ganz überzeugt bin ich davon nicht. Was ist eigentlich mit einem möglichen Testament. Haben Sie dazu etwas in Erfahrung gebracht?“

„Ja. Es gibt einen notariell beglaubigten letzten Willen. Sein Notar heißt Walter Jensen, ansässig hier in Husum.“

„Gut. Haben Sie nachgefragt, wann das Testament eröffnet wird?“

„Habe ich. Und damit wird es richtig interessant“, erklärte Mats und legte eine kunstvolle Pause ein, um Grimm auf die Folter zu spannen.

Dieser ließ sich nicht mehr aus der Ruhe bringen. Offensichtlich hatte er sich für heute genug echauffiert. „Weihen Sie mich ein“, forderte er Mats milde lächelnd auf.

„Der Notar soll das Testament genau einen Monat nach Maximilian Hofstetters Tod eröffnen.“

„Genau einen Monat später?“, fragte Grimm irritiert. „Warum?“

„Das hat er mir nicht verraten. Das ist Teil der Verfügung und wird sich offenbaren, wenn es soweit ist“, zitierte Mats den Rechtspfleger.

„Einen Monat später. Ist das üblich? Eher nicht, oder? Mit solchen Sachen kenne ich mich nicht aus.“

„Nein. Meist geschieht es recht zeitnah nach dem Ableben einer Person.“

„Klingt ja geheimnisvoll. Nun gut, darüber zu spekulieren, bringt uns nicht weiter. Vielleicht kann die Witwe uns etwas dazu sagen.“

„Schon erledigt. Die kann es sich ebenfalls nicht erklären.“

Grimm griff nach seinem Kalender. „Heute ist der dritte Juni. Da verbleiben gut drei Wochen. Merkwürdig.“

„Ja, nutzen wir die Zeit, um den Täter zu überführen“, schlug Mats vor.

„Leichter gesagt als getan. Wo sollen wir ansetzen?“

„Können wir jemanden verhaften, um den Stein ins Rollen zu bringen?“

„Wie stellen Sie sich das vor?“, fragte Grimm.

„Der wahre Täter fühlt sich in Sicherheit und begeht vielleicht einen Fehler."

„Davon verspreche ich mir in diesem Fall nichts. Ich denke, dass es einer aus der Familie war. So etwas funktioniert vielleicht bei einem Serienkiller, der stolz auf sein Gesamtwerk ist und sich den Ruhm nicht nehmen lassen will."

„Und wenn unser Täter weitere Familienmitglieder aus dem Weg räumen will?" Grimm hatte ihn mit seiner Antwort erst auf die Idee gebracht. „Immerhin vergrößert sich dadurch sein Erbanteil."

„Das ist allerdings ein neuer Aspekt." Grimm hielt die Luft an. „Glauben Sie wirklich? Dann schweben die anderen alle in Gefahr."

„Bis auf einen – oder eine", bemerkte Mats pragmatisch.

„Eine gefakte Verhaftung bringt uns dabei nicht weiter. Wir brauchen etwas Handfestes, nicht nur Mutmaßungen und Spekulationen." Grimm starrte auf die Tischplatte, als würde da plötzlich die Lösung stehen. „Fragen Sie unsere Miss Marple. Die hat bestimmt ausführlich mit den Frauen der Familie geplaudert und dabei tiefe Einblicke in deren Strukturen gewonnen."

„Ernsthaft?" Mats überlegte, ob Grimm ihn lediglich veräppeln wollte.

Dieser zuckte mit den Schultern. „Sonst mischt sie sich auch kräftig in unsere Ermittlungen ein. Warum sollen wir uns das nicht zunutze machen, wenn wir auf der Stelle treten? Finde ich legitim."

Mats zögerte, war sich nicht sicher, ob Grimm es wirklich ernst meinte oder ihn testen wollte.

„Nun machen Sie schon. Es ist gut möglich, dass ihr etwas anvertraut wurde, das die Frauen uns nicht erzählt haben. Schaden kann ein Anruf kaum."

„Sie wissen, wie viel Auftrieb es ihr geben wird, wenn wir sie um Hilfe bitten. Die werden wir nie wieder los.“

„Diesen Punkt haben wir ohnehin überschritten. Darauf kommt es nicht mehr an!“, entgegnete Grimm trocken, woraufhin Mats zu seinem Smartphone griff.

Emilia in Husum

Dienstag, den 4. Juni

Das Gespräch mit Anna Hofstetter dauerte wesentlich länger, als Emilia erwartet hätte. Nach der Preisgabe der ersten sehr privaten, ja fast intimen Einblicke in ihr Leben war der Damm gebrochen. Es fühlte sich an, als hätte Anna ihre gesamte Lebensgeschichte erzählt. Jedes Mal, wenn Emilia im Begriff war, ihren Besuch zu beenden, guckte die Witwe sie mit großen traurigen Augen an und bat sie, noch zu bleiben.

Emilia guckte mehrere Male verstohlen zur Uhr. Piet würde sich bei aller Geduld fragen, wo sie so lange abblieb. Anderseits kannte er sie natürlich und konnte sich denken, dass sie gerade interessante Informationen einsammelte. Über dieses Stadium war sie allerdings hinaus. Sie musste einen Weg finden, endlich zu gehen, ohne Anna vor den Kopf zu stoßen. Sicherlich steckte sie in einer herausfordernden Situation, aber bei aller Empathie konnte Emilia nicht die Rolle der alleinigen Trösterin übernehmen.

Als sie endlich wieder in ihrem Auto saß, hatte sie genug. Also verwarf sie die Idee, am gleichen Tag zu Franziska zu fahren. Annas Bericht hatte sie sehr beeindruckt. Sie musste das Gehörte erst einmal verarbeiten und in den Fall einordnen. Außerdem brannte sie darauf, Piet alles zu berichten, was sie in Erfahrung gebracht hatte.

Das gesamte Wochenende konnte sie an nichts anderes denken, obwohl Piet sich redliche Mühe gab, sie von dem Fall abzulenken. Am liebsten wäre sie gleich am Montag zu Mats und Grimm nach Husum gefahren, aber das Ehepaar hatte ein lange geplantes Treffen mit ihrem Verleger in Hamburg im Kalender, welches sie unmöglich absagen konnten. Außerdem freute sie sich seit Wochen darauf. Es ging um die Vorstellung einer Idee zu einer neuen Reihe, die beide gründlich durchdacht und vorbereitet hatten. Da mussten die Kommissare eben mal ohne sie auskommen, bemerkte Piet mit einem Augenzwinkern – und Emilia gab ihm recht.

Das Gespräch verlief in angenehmer Atmosphäre, war äußerst konstruktiv und endete mit einem delikaten Abendessen im Portugiesenviertel am Hafen. Emilia und Piet kehrten erst spät in der Nacht nach Friedrichstadt zurück. Beide waren so groggy, dass sie nicht einmal die abonnierte Zeitung aus der Rolle holten, sondern fast umgehend ins Bett fielen. Alles andere musste bis zum nächsten Tag warten.

Umso erschrockener war Emilia, als Piet ihr bereits zum Frühstück den anklagenden Artikel präsentierte.

„Das darf nicht wahr sein!“, rief sie erbost aus. Hastig überflog sie die Zeilen und guckte Piet dann direkt in die Augen. „Hast du das gelesen?“

„Natürlich“, erwiderte er nachsichtig.

„Das ist komplett heiße Luft! Null Fakten, viel Gelaber drumherum.“ Nur selten drückte sie sich so drastisch aus.

„Ja, so kann man es zusammenfassen!“ Piet reagierte amüsiert, was in Emilias Augen völlig unangemessen war.

„Findest du das lustig?“, regte sie sich weiter auf.

„Nein, der Inhalt dieses Artikels ist alles andere als lustig, aber dich so zu beobachten ...“

„Piet! Nun bleib ernst! Ich muss unbedingt mit Mats sprechen und ihm von dem Gespräch mit Anna Hofstetter berichten.“

„Was soll das bringen?“, fragte er kritisch, wodurch sie sich weiter provoziert fühlte.

„Ich habe eine Idee, die ich mit ihm besprechen muss“, wich sie aus. Der Gedanke war ihr bereits am Sonntagabend gekommen, aber sie wollte erst eine Nacht darüber schlafen, bevor sie mit Piet darüber sprach. Gestern waren ihr wieder Zweifel gekommen und irgendwie passte es nicht in den Tag. Ihre berufliche Weiterentwicklung hatte im Vordergrund gestanden. Es war einfach der falsche Zeitpunkt gewesen.

Auch jetzt war sie nicht überzeugt und wollte sich nach Piets Belustigung keiner weiteren Kritik aussetzen. Also schwieg sie und überlegte, wie sie möglich schnell verschwinden konnte, ohne seinen Unmut auf sich zu ziehen. Sie wusste, dass der Fall nach seiner Meinung zu viel Raum einnahm und er es lieber gesehen hätte, wenn sie sich an ihr Manuskript setzen würde.

Aber dafür hatte sie jetzt keine Ruhe mehr.

„Und? Nimmst du dir wenigstens noch Zeit, mit mir zu frühstücken?“ Er versuchte, sachlich zu klingen, aber es hörte sich ein wenig lauernd an.

„Hhm, ja. Auf eine halbe Stunde kommt es wohl nicht an“, nahm sie sich zurück. Es konnte tatsächlich nicht schaden, sich vorher für den Tag zu stärken.

Am liebsten hätte sie sich im Anschluss sofort ins Auto gesetzt, aber möglicherweise waren die Kommissare unterwegs. Besser, sie rief vorher an. Ihr Handy lag in ihrer Tasche, also griff sie nach dem Festnetz.

„Kriminalkommissariat in Husum, Mats Sommerfeld. Moin!“, meldete er sich förmlich.

„Mats, hier ist Emily.“

„Emily! Na, endlich. Ich versuche seit gestern, Sie zu erreichen. So langsam habe ich mir Sorgen gemacht. Sie sind eigentlich immer erreichbar!“

„Ich war in Hamburg ..., ach egal! Worum geht es?“, fragte sie neugierig. Mats wollte sie sprechen. Das war eine erfreuliche Entwicklung.

„Haben Sie den Artikel gelesen?“

„Ja. Kein Meisterstück der journalistischen Schreibkunst.“

„Hhm. Haben Sie noch mal mit der Familie gesprochen?“

„Ja, mit Anna Hofstetter. Darüber würde ich gerne mit Ihnen reden.“ Sie zögerte erneut. Sollte sie ihn gleich in ihren zugegebenermaßen leicht abwegigen Verdacht einweihen?

„Wunderbar! Können Sie zu uns nach Husum kommen? Jetzt gleich?“

Nichts lieber als das!

„Ja, gern. Ich bin schon auf dem Weg.“

Als sie auf dem Revier eintraf, hielt sich Mats nicht mehr lange mit Small Talk auf.

„Moin Emily, danke, dass Sie sofort gekommen sind. Ich will ehrlich mit Ihnen sein. Wir treten auf der Stelle und haben die Hoffnung, Sie könnten etwas herausbekommen haben, was uns in der Ermittlung voranbringt."

Grimm ließ ein Grunzen vernehmen, was Emilia insgeheim amüsierte. Mats hingegen schien ein wenig irritiert, fuhr aber trotzdem fort:

„Wir verdächtigen eins oder mehrere der Kinder, uns fehlt aber ein konkreter Beweis."

„Dann sind Sie auf dem gleichen Stand wie dieser Journalist, der den Artikel von gestern verfasst hat", rutschte es Emilia heraus.

Mats´ Irritation verstärkte sich, er blieb aber ruhig. „So könnte man es auf den Punkt bringen." Dabei sah er unglücklich aus. „Haben Sie etwas herausbekommen, was uns bisher verborgen geblieben ist?"

„Möglich. Ich bin allerdings unsicher, ob es relevant ist. Genauer gesagt habe ich eine Idee, die ich Ihnen vortragen möchte."

„Gern", zeigte sich Mats erfreut.

„Freuen Sie sich nicht zu früh. Es geht in eine andere Richtung und erfordert ... ja, wie soll ich es ausdrücken? – die Öffnung Ihres Geistes." Sie grinste verlegen. „Klingt etwas abgehoben, ich weiß. Mir fällt nichts Besseres ein. Also auf den Punkt: Denken Sie erst mal darüber nach, versprechen Sie mir, nicht zu lachen und schmeißen Sie mich nicht sofort heraus."

„Versprochen", bestätigte Mats sofort.

Emilia riskierte einen Blick zu Grimm, der trotz seines anfänglichen Grunzens recht aufgeschlossen wirkte. Er nickte.

„Also gut." Sie holte einmal tief Luft, fasste sich ein Herz und legte los: „Max Hofstetter war kein glücklicher Mensch. Sein Wohlstand hat ihm nicht die ersehnte Zufriedenheit gebracht. Er hat auf die Frage nach dem Sinn des Lebens keine Antwort gefunden. Ich vermute mal, dass die zahlreichen Konflikte diese Entwicklung weiter verstärkt haben, möglicherweise bis zur Depression."

„Woher wissen Sie das?", fragte Mats.

„Von seiner Witwe."

Grimm verfolgte einen anderen Gedanken: „Das verstehe ich nicht! Warum sollte einer wie er unter Depressionen leiden? Er hatte schließlich alles erreicht, was er sich wünschte: Geschäftlichen Erfolg; ausreichend Geld, um sogar große Summen spenden zu können, was ihm wiederum Anerkennung in der Gesellschaft gebracht hat. Außerdem eine stabile Ehe und eine Frau, die ihm den Rücken freigehalten hat – und das über Jahrzehnte."

„Einiges war eben nur schöner Schein", erklärte Emilia.

„Das müssen Sie uns erklären!"

„Seine Ehe war nicht glücklich, zumindest fehlte Anna einiges. Und gesellschaftliche Anerkennung hat er nicht bei allen gefunden. Das Schlimmste für Max war allerdings die Leere, die er trotz seines Wohlstandes empfunden hat. Dazu kam das angespannte Verhältnis zu all seinen Kindern, die sein Lebensmodell nicht teilten und sich benachteiligt fühlten."

„Daran hätte er was ändern können. Irgendwie war vieles davon seine eigene Schuld", fasste Grimm pragmatisch zusammen.

„Das mag sein, aber genau das hat er wohl nicht hinbekommen – was eine Depression wahrscheinlicher macht", beharrte Emilia auf ihrer These. Ihre eigene Argumentation bestärkte sie, gleich zum Kern zu kommen.

„Gut. Und was nützt uns das? Eigentlich suchen wir nach Beweisen gegen die Kinder.“

„Was vielleicht eine falsche Fährte ist.“ Emilia genoss die ungläubigen Blicke der Kommissare. Jetzt gab es kein Zurück mehr. Sie musste ihre Vermutung preisgeben. „Sind Sie bereit für einen ungewöhnlichen Ansatz?“, trieb sie die Spannung auf den Höhepunkt.

„Und wie.“ Mats schien es kaum erwarten zu können, was Emilia ihnen mitteilen wollte.

„Es könnte sein, dass sich Max Hofstetter selbst vergiftet und den Verdacht auf die Familie gelenkt hat“, ließ sie die Bombe platzen.

„Waaaaas?“ Damit hatte Mats nicht gerechnet.

„Das ist ausgemachter Quatsch!“, echauffierte sich Grimm. „Warum sollte er das tun?“

„Um ihnen eine Lektion zu erteilen“, antwortete sie schlicht. Über diesen Punkt hatte sie am längsten gebrütet, weil es sich auf den ersten Blick einfach absurd anhörte. Sie konnte die Reaktionen der Kommissare nachvollziehen.

„Eine Lektion?“, hakte Mats verwundert nach.

„Oder sogar mehrere“, nickte sie bestätigend. „Max Hofstetter hat sich das Streben nach Erfolg und Geld zum Lebensziel gemacht – und dachte damit glücklich und zufrieden zu werden. Das war aber ein Trugschluss. Insgesamt hat das Geld mehr verdorben, als es Gutes bewirkt hat. Zumindest in seiner eigenen Familie. Ich denke, er wollte sie sensibilisieren.“

„Auf eine sowohl makabre als auch morbide Art und Weise“, warf Grimm ein.

„Ja, das ist richtig. Hinzu kommt die Fixierung der Kinder auf das Vermögen des Vaters. Vielleicht wollte er sie dazu bringen, es besser schätzen zu lernen.“

„Indem er sie in den Knast bringt?“, rief Mats erstaunt aus.

„Wenn überhaupt, dann lediglich vorübergehend“, relativierte Emilia. „Er hat da wohl auf Ihre Ermittlerqualitäten gesetzt.“

„Der Mann kennt uns gar nicht“, brummte Grimm. Er schien von dieser These nicht sehr viel zu halten.

Mats dagegen wurde nachdenklich. „Lassen Sie es uns mal durchspielen, also unsere Fakten auf diese These überprüfen.“

„Was für Fakten? Wir haben nichts“, brauste Grimm auf.

„Ganz so schlimm ist es nun auch wieder nicht.“ Er überlegte kurz. „Vielleicht ist das genau der Knackpunkt. Möglicherweise liegt uns so wenig vor, weil es einfach nichts gibt.“

„Sie glauben an meine Vermutung?“, freute sich Emilia.

„Zumindest will ich sie überprüfen. Sind Sie dabei?“, wandte er sich an den Kollegen.

„Was soll´s“, gab Grimm sich geschlagen. „Kann ja nicht schaden. Welcher Vater tut seinen eigenen Kindern so etwas an?“, fügte er murmelnd hinzu, begann aber trotzdem, eine Liste zu erstellen.

„Sagen Sie mal, Emily“, ergriff Mats wieder das Wort. „Sie waren von Anfang an auf der Spendengala. Wie passt Max Hofstetters Verhalten vor und während der Rede zu Ihrer These?“

„Darüber habe ich bereits nachgedacht. Wenn mich meine Erinnerung nicht trügt, war er äußerst nervös, als er ans Rednerpult trat. Franziska bestätigte mir, dass er unter starkem Lampenfieber litt, aber vielleicht war das nicht alles. Da ich ihm zum ersten Mal begegnet bin und zahlreiche schillernde Geschichten über ihn kursierten, habe ich ihn sehr genau beobachtet. Aus purer Neugier. Wann trifft man einen so erfolgreichen Unternehmer? Mir fiel auf, dass er zu der Flasche greifen wollte und es sich im letzten Moment anders überlegte. An dem Abend dachte ich, er wollte vielleicht nicht zu viel trinken, um einen plötzlichen Harndrang zu vermeiden. Vielleicht wusste er aber von dem Gift im Wasser und wollte es nicht zu früh trinken."

„Dann hätten wir es tatsächlich mit Selbstmord zu tun", brachte Grimm es auf den Punkt. „Und wie finden wir heraus, ob das der Wahrheit entspricht?"

Franziska in Husum

Dienstag, den 25. Juni

Am Morgen der Testamentseröffnung wäre Franziska am liebsten im Bett geblieben. Die letzten Wochen waren aufreibend gewesen und hatten unglaublich viel Kraft gekostet. Gern hätte sie die Bilder der erneuten Vernehmung mit der anschließenden vorübergehenden Festnahme aus ihrem Gedächtnis verbannt, aber sie ließen sich nicht so einfach vertreiben. Zwischen den Geschwistern herrschte mittlerweile totale Funkstille. Ihre letzte Begegnung hatte auf dem Kriminalkommissariat stattgefunden, wo sie nacheinander getrennt verhört wurden. Die Ermittler hatten den Druck erhöht und sogar versucht, sie gegeneinander auszuspielen, was wohl recht gut gelungen war.

Argwöhnisch hatten sie sich gegenseitig beäugt - jeder auf seinen eigenen Vorteil bedacht und voller Misstrauen.

Franziska hatte sich aufgrund der Fingerabdrücke auf der unglückseligen Wasserflasche die ganze Zeit als Hauptverdächtige gefühlt und war überrascht, als sie schließlich wieder auf freien Fuß gesetzt wurde. Die Begründung lautete, dass die Beweise nicht ausreichten. Alle mussten jedoch versichern, die Region nicht zu verlassen und sich zur Verfügung zu halten. Amtsdeutsch. Wie sie das alles hasste!

Mittlerweile wollte sie nur noch ihre Ruhe. Sollten sich die anderen um das Vermögen ihres Vaters kloppen. Egal, wie sich die Angelegenheit auflösen würde, es klebte Blut an dem Erbe und sie wollte nichts mehr davon haben. Das Vermögen hatte ihren Vater ins Grab gebracht, glücklich war er ohnehin nie damit gewesen. Da wollte sie sich nicht einreihen. Schließlich hatte sie ein Haus, ein Auto und jederzeit genug zu essen. Sogar für einen jährlichen Urlaub reichte es, ohne den Euro umdrehen zu müssen. Also, was sollte sie sich um das Geld ihres Vaters reißen? Sie hatte die Nase voll.

Aber da hatte sie die Rechnung ohne ihre Mutter gemacht, die sich prompt mit Holger verbündete. Gemeinsam zwangen sie Franziska aus dem Bett, unter die Dusche und zu dieser unliebsamen Testamentseröffnung.

Max habe es so gewollt.

Auch das war ihr mittlerweile völlig egal, aber Anna setzte sich durch.

Und nun saß sie in ihrem besten Kostüm und mit einem dezenten Make-up auf der versteinerten Miene an dem imposanten Konferenztisch aus Nussbaum inmitten der Menschen, die sie am wenigsten sehen wollte.

Alle waren pünktlich erschienen. Natürlich.

Wie die Aasgeier kreisten sie über dem Vermögen ihres Vaters und konnten es gar nicht abwarten, endlich zu erfahren, ob sich der Weg hierher lohnte. Der ohnehin düstere Raum, dominiert von wuchtigen Möbeln aus dunklem Holz, war erfüllt von peinlichem Schweigen. Offensichtlich hatte sich keiner mehr was zu sagen. Die Stimmung zwischen den Geschwistern hatte ihren Tiefpunkt erreicht, daran konnte nicht einmal Anna etwas ändern, die mehrere erfolglose Versuche startete, ein Gespräch in Gang zu bringen.

Warum dauerte das bloß so lange? Warum waren sie für elf Uhr hierher zitiert worden, wenn nun niemand Zeit hatte oder sich bemüßigt fühlte, ihnen den letzten Willen ihres Vaters zu Gehör zu bringen?

Am liebsten hätte Franziska den Raum beziehungsweise die ganze Kanzlei verlassen, aber sie konnte nicht ewig wegrennen. Und wer weglief, kam irgendwo wieder an. Vermutlich würde sie sich zu Hause nicht besser fühlen. Nun, wo sie schon einmal hier war, wollte sie wissen, was Max verfügt hatte.

Endlich öffnete sich die Tür und der Notar trat ein. Ein Mann mittleren Alters, der vorzeitig ergraut war und eine altmodische Brille trug, die sein Gesicht blass und schmal wirken ließ.

„Bitte entschuldigen Sie meine Verspätung“, sagte er in einem Tonfall, der kaum nach Bedauern klang. „Wie ich sehe, sind Sie vollzählig. Gut! Dann können wir gleich beginnen.“

Alle schienen sich zu straffen und ein wenig näher an den Notar zu rücken, um ja kein Wort zu verpassen. Verlogene Bande!

Franziska spürte ein leichtes Gefühl der Übelkeit hochsteigen und griff nach dem bereitstehenden Wasserglas.

Ihre Hand zitterte leicht. Hoffentlich hatte es keiner bemerkt. Sie blickte sich vorsichtig um, aber niemand nahm Notiz von ihr. Alle konzentrierten sich auf den Rechtspfleger. Sie zog ihre Hand zurück und tat es ihnen gleich.

„Möglicherweise haben Sie sich gewundert, warum die Testamentseröffnung erst heute stattfindet. Diese Zeitspanne von einem Monat nach seinem Ableben war der ausdrückliche Wunsch Ihres Gatten und Vaters. Der Grund dafür wird sich Ihnen im Laufe dieses Termins erschließen."

Franziska wunderte sich ein wenig, dass am Platz des Notars lediglich ein einziger Bogen Papier lag. In ihrer Vorstellung umfasste ein Testament einen ganzen Stapel, insbesondere, wenn ein Vermögen vorhanden und zu verteilen war. Gab es so wenig zu berichten? Hatte Max doch alles seiner Stiftung vermacht und seine Frau und die Kinder mit dem Pflichtteil abgespeist?

Sie merkte, dass es ihr nicht so gleichgültig war, wie sie es sich am Morgen eingeredet hatte. Wenn der Notar bloß endlich zu Potte käme!

„Wie Sie alle wissen, war Maximilian Hofstetter ein Mann, der trotz seines heftigen Lampenfiebers gerne vor Publikum sprach."

Was sollte das? Warum verlas der Notar – hatte er sich überhaupt vorgestellt? – nicht einfach das Testament, statt hier eine vorgezogene Grabrede zu halten!

„Aus diesem Grund hat er für Sie ein Video aufgenommen, in dem er seinen letzten Willen selbst verkündet."

„Ach, du Scheiße", entfuhr es Krischan.

„Freut mich, dass es Ihnen zusagt", kommentierte der Notar trocken, bevor er aufstand und einen Tisch mit einem großen Bildschirm an den Kopf der Tafel rollte und den Film startete. „Bitte sehr."

Ihr Vater starrte geradezu in die Kamera. „Moin, meine Lieben! Ich hoffe, Ihr seid vollzählig anwesend, dann kann es zumindest nicht ganz so schlimm ausgegangen sein."

Unwillkürlich wechselten die Geschwister fragende Blicke. Amelie war natürlich in Begleitung ihres Mannes erschienen, der ihr aufmunternd die Hand drückte.

Franziska fühlte sich weiterhin unwohl. Die Präsenz des Familienoberhauptes verstärkte ihre Übelkeit. Was sollte das nun wieder?

„Ich könnte jetzt lange schwadronieren, aber keine Angst: Ich fasse mich kurz. Vermutlich wollt Ihr ohnehin nur wissen, ob und wie viel ich euch vererbe. Eins möchte ich allerdings loswerden. Dieses ganze Geld bedeutet nichts, wenn man alleine ist. Und leider taugt es wenig zum Glücklichsein. Das war für mich die erschütterndste Erkenntnis. Was wirklich zählt, ist das zwischenmenschliche Miteinander, insbesondere in der Familie. Das habe ich leider vor lauter Ehrgeiz und falschen Zielen aus den Augen verloren. Dabei musste ich schmerzlich beobachten, dass es euch ähnlich geht. Tatsächlich habe ich überlegt, mein ganzes verdammtes Geld zu spenden. Wegzugeben, damit es euch nicht genauso unglücklich macht. Letztendlich habe ich mich aber dagegen entschieden. Das ist die gute Nachricht, meine Lieben. An dieser Stelle könnt Ihr schon mal aufatmen." Er legte eine Pause ein und trank einen Schluck Wasser. „Für den Fall, dass nicht alle meine Kinder anwesend sind, weil vielleicht einer oder mehrere von ihnen in Haft sitzen, gebe ich hiermit folgenden Tatbestand zu Protokoll: Da ich den Sinn des Lebens verloren habe und keine Perspektive mehr sah, habe ich mir am 25. Mai dieses Jahres auf meiner letzten Spendengala selbst das Leben genommen."

Ein Raunen ging durch den Raum. Vermutlich hatten alle das Bedürfnis ihre Meinung dazu kundzutun, aber niemand wagte etwas zu sagen, um bloß nichts zu verpassen.

„Für jeden von euch habe ich bei meinem Notar Dr. Walter Jensen einen Brief hinterlegt, in dem ich Einzelheiten erkläre und jedem von euch ein paar gutgemeinte Ratschläge auf den Weg gebe. Das gilt auch für dich, Anna. Nach wie vor bedaure ich sehr, dass mein Ehrgeiz und mein fehlgeleitetes Streben nach Wohlstand, unsere Ehe zerstört hat. Trotzdem war mein soziales Engagement ein Lichtblick in meiner Dunkelheit. Ihr habt es nicht verstanden, aber mir hat es glückliche Momente beschert. Aus diesem Grund geht eine angemessene Summe an meine Stiftung, alles andere geht an euch vier - zu gleichen Teilen. Herr Dr. Jensen wird euch über die Beträge informieren."

Tatsächlich war ein erleichtertes Aufatmen zu hören.

„Wenn Ihr euch fragt, warum ich einzelne Spuren gelegt habe, die euch nach meiner Inszenierung unter Verdacht bringen, dann sei vorab so viel gesagt: Macht euch stets bewusst, dass viel Geld nicht nur Segen, sondern auch Fluch sein kann. Das ist das Wichtigste. Darüber hinaus vermute ich leider, dass euch die herausfordernde Situation statt zusammengeschweißt weiter auseinandergebracht hat. Habe ich recht? Sagt schon! Wie sitzt Ihr jetzt hier an diesem Tisch? Könnt Ihr einander in die Augen schauen oder habt Ihr euch gegenseitig verdächtigt und dadurch weiter entzweit? Macht nicht den gleichen Fehler wie ich. Geht aufeinander zu und respektiert euch gegenseitig, so wie Ihr seid. Das ist meine Botschaft. Und damit Ihr nicht nur nickt und dann genauso wie vorher weitermacht, knüpfe ich einige Bedingungen an mein Erbe. Ich möchte, dass Ihr als Familie wieder zusammenwachst,

Zeit miteinander verbringt und euch gegenseitig bei der Erreichung eurer Träume unterstützt. Dafür bekommt Ihr zeitnah jeder ein Startkapital. Den Rest friere ich für mindestens ein Jahr ein. Dr. Walter Jensen und eine von mir benannte Psychologin werden eure Entwicklung begleiten und bewerten – und euch zu gegebener Zeit belohnen."

Nun gab es kein Halten mehr. Alle sprachen durcheinander, um die Anspannung abzubauen. Schließlich bereitete der Notar dem Tumult ein Ende. Als sich alle beruhigt hatten, startete er erneut den Film, den er zwischenzeitlich angehalten hatte.

„Das mag euch auf Anhieb nicht gefallen oder verwirren, aber ich erwarte, dass Ihr euch auf dieses Experiment einlasst. Und bitte nehmt meine Entschuldigung an. Ich hätte zu Lebzeiten ein besserer Vater sein können, möchte aber nun posthum etwas gutmachen und positiv beeinflussen. Macht´s gut und passt auf eure Mutter auf. Sie hat es sich verdient."

Epilog

Als die überaus aufgeregte Franziska Emilia am Vorabend der Beerdigung anrief, konnte diese erst gar nichts verstehen. Die Worte sprudelten nur so aus der jungen Frau heraus. Schließlich beruhigte sie sich und berichtete der Schriftstellerin von der unglaublichen Testamentseröffnung.

„Eigentlich typisch. Mein Vater hat einfach große Auftritte geliebt. Ich bin nur traurig, dass er seine Einsamkeit und Unzufriedenheit nicht mit uns geteilt hat. Sicherlich hätten wir ihm helfen können."

„Möglich. Wenn es aber wirklich eine Depression war, hätte lediglich ein Spezialist etwas bewirken können. Und selbst das ist fraglich. Depressionen sind vielschichtig und kaum heilbar."

„Und offensichtlich nicht abhängig von Geld und Erfolg."

„Ja, das ist leider so", bestätigte Emilia.

„Kommen Sie morgen zur Trauerfeier? Es würde mir viel bedeuten. Ich weiß, dass Sie die ganze Zeit an meine Unschuld geglaubt haben. Es wäre schön, Sie an diesem schweren Tag an meiner Seite zu wissen."

„Und Ihre Geschwister?", fragte Emilia neugierig. „Nehmen Sie alle dieses besondere Erbe an und gehen aufeinander zu?"

„Ja, wir haben es uns fest versprochen. Niemand soll jemals wieder einen so starken Keil zwischen uns treiben. Diese Lektion haben wir gelernt. Alles Weitere wird die Zeit zeigen, aber mein Vater hat ja dafür gesorgt, dass wir professionelle Hilfe an die Seite gestellt bekommen."

„Geht es dabei nur um das Geld oder wirklich um die Rettung der Familienbande?", wollte Emilia weiter wissen. So eine Verfügung war ihr bislang nicht begegnet. Wenn das kein Stoff für einen Roman war! Aber sie interessierte sich ehrlich für die menschliche Seite hinter dieser dramatischen Inszenierung.

„Vielleicht ein bisschen von beidem", gab Franziska ehrlich zu. „Aber mein Vater hat beide Komponenten wirklich sehr raffiniert verknüpft. Ich weiß nicht, ob ich ihm so etwas zugetraut hätte. Schade nur, dass er nun kein Teil von dieser neuen Harmonie sein wird."

„Es war sein freier Wille, aus dem Leben zu scheiden und Ihnen das Ruder zu überlassen. Bestimmt wird es eine Weile dauern, bis Sie diesen Umstand akzeptieren können, aber irgendwann wird es nicht mehr so wehtun."

„Ich bin auf jeden Fall sehr erleichtert, dass keins meiner Geschwister zum Mörder wurde und ihm auch sonst niemand das Leben genommen hat", antwortete Franziska.

„Und für unsere weitere Entwicklung haben wir ja bereits morgen unsere Feuertaufe. Wenn Sie kommen, können Sie Zeugin unserer ersten gemeinsamen Schritte sein.“

„Ich verspreche es. Wir sehen uns morgen, Franziska.“

Da hatte sie doch glatt mal wieder den richtigen Riecher gehabt. Nun brannte sie darauf, Piet und insbesondere Kommissar Grimm davon zu erzählen.

Na, die würden staunen!

***

Kleines Lexikon norddeutscher Begriffe

Moin/Moin Moin	Begrüßung für den ganzen Tag
zu Potte kom-men	weitermachen, fertig werden
Gosch	Fischrestaurant aus Sylt
sabbelig	redselig
piesacken	zusetzen, triezen
Gezuckel	langsames Fahren
„mach hinne“	mach weiter, werde fertig!
Klönschnack	gemütliche Plauderei
schnacken	sich unterhalten
dumm Tüch	dummes Zeug
lütt	klein
Buddel Köm	Flasche Korn
scheun	schön
grienen	Grinsen, lächeln
Priel	Rinne im Wattenmeer, in der sich auch bei Ebbe Wasser befindet
min seute Deern	mein süßes Mädchen
vertellen	erzählen
Schiet	Scheiße
Kopp in Nacken	Kopf in den Nacken
verklickern	erklären
Friesengeist	nordischer Schnaps
Pharisäer	Kaffeespezialität mit Rum und Schlagsahne
Pott Kaffee	Becher Kaffee
aufgebretzelt	chic angezogen/zurecht gemacht

schnieke	Chic
Rundstück	einfaches helles rundes Brötchen
Alsterwasser	Bier und weiße Limonade
Gedöns	als überflüssig erachtete Gegenstände
Scheibenkleister	s. Schiet
Butter bei die Fische	Klartext reden, nichts zurückhalten
Auf dem Kieker	Besondere Aufmerksamkeit, wörtlich Fernglas
Franzbrötchen	Plunderteig mit Zimt und Butter, ursprünglich aus Hamburg
Jo	Ja
fünsch	wütend, ärgerlich
vertüdeln	vergeuden
Wo geiht di dat?	Wie geht es Dir?
Klönschnacktür	Zweigeteilte Außentür, bei der man einen Klönschnack halten kann, indem man nur den oberen Teil öffnet
Mors	Hinterteil
Friesenschnitten	Blätterteig, Pflaumenmus, Sahne
Kluntjes	Kandiszucker
Graue Stadt am Meer	Husum, der Begriff wurde von dem Dichter Theodor Storm geprägt
mittenmang	mittendrin
Döntjes	Anekdote aus dem Alltag
vertelln	erzählen

Hat Ihnen die Geschichte gefallen?

Dann freue ich mich sehr über eine positive Rezension bei Amazon oder auf einem anderen Portal, denn Bewertungen werden für uns Autoren immer wichtiger.

Das muss kein langer Text sein, schreiben Sie einfach, was Sie anderen Lesern gerne zu dem Buch mitteilen wollen. (Aber natürlich nicht verraten, wie die Geschichte endet.)

Ich danke Ihnen im Voraus!

Herzlich
Ihre Stefanie Schreiber

Die Autorin über sich

Meine Leidenschaft für das Schreiben entstand bereits vor über fünfundzwanzig Jahren, doch ich hatte mich nach meinem betriebswirtschaftlichen Studium gerade selbständig gemacht und wollte erst einmal "bodenständig arbeiten", um meine Existenz zu sichern.

Meine Liebe zur Nordsee begann nach dem Abitur bei einem zehntägigen Aufenthalt nahe Heide, weil mein Geld für die geplante Nordkap-Tour nicht reichte. Der Urlaub legte außerdem den Grundstein zu meiner Altersvorsorge mit Ferienimmobilien; ich träumte seitdem von einem eigenen Haus unter Reet.

Als ich 2011 beschloss, mich endlich dem Schreiben zu widmen, entschied ich mich für ein berufsbegleitendes Journalismus-Studium, um meine Schreibkompetenz auf professionelle Beine zu stellen. Die daraus resultierende Idee, mein betriebswirtschaftliches Know-how und meine langjährige Vermietungserfahrung in Wirtschaftsratgebern zu vereinen, brachte mich über die nächsten Jahre von meinem Plan ab, Geschichten zu erzählen.

2017 plante ich meinen ersten Krimi. In einem Workshop entstand die Idee, auch diesem den Ferienhaus-Background zu verleihen - und wo ist es schöner als in Sankt Peter-Ording? Ich baute die *Weiße Düne* und schuf meinen schrulligen Hausmeister Torge Trulsen, der als Miss-Marple-artiger Hobbyermittler, den Kommissaren gerne dazwischenfunkt.

Nach Vollendung meines achten Sankt-Peter-Ording-Krimis küsste mich die Muse. Die Charaktere Emilia und Piet Anderson erblickten das Licht der Welt und ermitteln nun parallel in meiner neuen Reihe.

Stefanie Schreiber

an ihrem Sehnsuchts- und Inspirationsort
St. Peter-Ording

Danksagung

Bevor ein neues Buch das Licht der Welt erblickt, gibt es erst einmal viele Stunden des Planens, Recherchierens und des Schreibens. Dafür nutze ich am liebsten die frühen Stunden des Tages. Morgens und am Vormittag bin ich frisch und kreativ.

Im Anschluss wird der Text mehrfach überarbeitet! Ich freue mich sehr, dass ich dafür so großartige Unterstützung habe. Ich danke meiner Lektorin Margarete Götz, die den Text mit ihren Anregungen bereichert. Ich danke meiner Korrektorin Antje Steffen von Antjes Kleiner Textwerkstatt, die jedem Fehler auf der Spur ist.

Vielen Dank an meine Designerin Simone Holland von Holland Design für die großartige Covergestaltung der Nordfriesen-Reihe und Jette Marthens, die nicht nur Emilia und Piet ein Gesicht verliehen hat, sondern auch meine Texte setzt.

Eine große Bereicherung in meinem Autorinnenalltag stellen meine Kolleginnen Aurelia Blum, Maiken Brathe und Sabine Hirschfeld dar, mit denen ich im täglichen Austausch zu allen Fragen rund um den Schreibprozess verbunden bin. Wir unterstützen uns in konkreter Textarbeit, sowie bei der Zielerreichung und Motivation. Ich bin dankbar, Teil dieses großartigen Teams zu sein!

Schließlich gilt mein Dank meinem Team von treuen Testlesern, die mich im Schreibprozess unterstützt haben.

Ihre

Stefanie Schreiber

Leseprobe

Torge Trulsen

Charlotte Wiesinger

Doppelmord hinterm Deich
bei St. Peter-Ording

Der vierte Fall
für Torge Trulsen und Charlotte Wiesinger

Prolog

Der Blick auf die Weite der platten Landschaft half, die aufgewühlten Nerven ein wenig zu beruhigen. So viele Tage waren so viele Argumente mit- und gegeneinander abgewogen worden. Wie viel Kraft das gekostet hatte!

Heute war der Tag der Entscheidung gekommen. Länger ließ es sich nicht hinauszögern, sonst wäre alles umsonst gewesen. All die schlaflosen Nächte mit den rotierenden Gedanken; die aufkeimenden Hoffnungen und die zermürbenden Ängste.

Hier, inmitten der saftigen Wiesen auf und vor dem Deich, auf dem die älteren Schafe friedlich grasten, während die Jüngeren ausgelassen tobten. Inmitten der Felder, auf denen vor Kurzem noch das Getreide im ewigen Wind wogte und inmitten des Wunders Wattenmeer. Hier sollte es eigentlich leicht sein, die richtige Entscheidung zu treffen - doch so war es nicht.

Viel mehr als lediglich die geliebte Landschaft ging in die Rechnung ein. Wäre es einfacher, sie nicht alleine treffen zu müssen, oder würden verschiedene Meinungen die Entschlusskraft im Gegenteil verringern?

Die Gedanken waren müßig. Es gab niemanden, der die Verantwortung mittragen würde. Niemanden, der die Zweifel zerstreute oder die Ängste nahm.

Genau genommen war die Entscheidung längst gefallen. Der vertraute Anblick des Leuchtturms von Westerhever zauberte ein Lächeln auf das betrachtende Gesicht. So wie geplant musste es ausgeführt werden. All diese Schönheit galt es zu erhalten, dafür war kein Opfer zu groß. Die Verhältnismäßigkeit war gegeben, so viel war klar.

Trotzdem war es nicht möglich, den letzten nagenden Zweifel auszuschalten, weder beim Erstellen des Plans im stillen Kämmerlein, noch hier inmitten der Natur am Ort des Geschehens.

Gab es vielleicht doch die Möglichkeit, sich einen Rat einzuholen? Aber wer sollte das sein? Wem konnte die Verantwortung für diese Entscheidung aufgebürdet werden? Alle Namen, die auftauchten, verschwanden gleich wieder. Nein, niemand konnte in dieses Projekt hineingezogen werden! Niemand verdiente so viel Vertrauen.

Es war eine einsame Entscheidung, die an jenem Sonntag im Oktober getroffen wurde und niemand ahnte, was sie alles verändern würde.

Greta in Neu-Augustenkoog

Samstag, den 31. Oktober

Erleichtert fuhr Greta Petersen den Rechner herunter und räumte ihren Schreibtisch auf. So sehr sie ihre Arbeit in der Ferienanlage Weiße Düne in Sankt Peter-Ording mochte, an diesem Samstag war sie froh, wieder einmal eine Saison geschafft zu haben. In den kommenden Monaten würde sie nicht am Wochenende arbeiten müssen, was ihr Jahr um Jahr schwerer fiel. Nur ungern gestand sie sich ein, dass ihre Kräfte ein wenig nachgelassen hatten, was mit zweiundsechzig Jahren ganz natürlich war, auch wenn es ihr nicht in den Kram passte.

Auf Eiderstedt würde mit dem Ende der Ferienzeit Ruhe einkehren, wodurch die Einheimischen die Halbinsel wieder ungestörter genießen konnten. Einzig der bevorstehende November bereitete ihr Unbehagen. Dieser Monat brachte die ungeliebte, nicht endende Dunkelheit mit sich, die Greta schon einmal aufs Gemüt schlagen konnte. Dazu würden die Herbststürme über das platte Land fegen. Auch wenn sie ihr ganzes Leben in Nordfriesland verbracht hatte, fand sie es immer noch unheimlich, wenn bei orkanartigen Böen die Fensterläden ihres Hauses in Osterhever klapperten, als würden Geister daran rütteln. Obwohl ihr Mann Joost jetzt schon fast drei Jahre tot war, hatte sie sich bislang nicht an das Alleinleben gewöhnt. Im

Winter belastete es sie mehr als im Sommer, wenn die langen Tage mit Arbeit und nicht abreißenden Touristenströmen ausgefüllt waren.

Seufzend verscheuchte sie die trüben Gedanken. Im Grunde konnte sie sich glücklich schätzen, denn sie war ja nicht allein. Allen voran war ihr Sohn ihr immer eine Stütze gewesen. Trotz seiner manchmal sehr zeitintensiven Arbeit als Kriminalkommissar in Sankt Peter-Ording schaffte er es regelmäßig, sie zu besuchen, mit ihr zu essen oder eine Kleinigkeit im Haus zu reparieren. Bei dem Gedanken an Knud musste sie unwillkürlich lächeln. Schon immer war er sportlich und mit seiner nordisch-pragmatischen Art sehr ausgeglichen gewesen, aber seit die Kommissarin aus Hamburg im letzten Jahr in ihre Küstengemeinde gekommen war, um das Team in dem Mordfall Michael Schwertfeger zu verstärken, hatte er sich doch ein wenig verändert. Es schien ihn überaus zu freuen, dass sie nach Auflösung des Falles geblieben war. Er lief nun täglich zehn Kilometer, wodurch er ein wenig abgenommen hatte und legte viel mehr Wert auf seine Kleidung. Seine positive Lebenseinstellung, die Liebe zu diesem Landstrich und sein meist gut gelauntes Grienen kamen anscheinend auch bei Charlotte Wiesinger an. Greta war ihr bisher nur selten begegnet. Die kleine Frau schien jedoch ein Energiebündel zu sein, was Knud wunderbar ergänzte. Zumindest bei der Arbeit waren die beiden ein großartiges Team geworden. Greta war gespannt, ob sich auch privat etwas zwischen ihnen entwickeln würde.

„Moin Greta, ist die Lessing noch da?“ Wie üblich, ohne anzuklopfen, war Torge Trulsen in ihr Büro gestürmt. Greta mochte den Hausmeister der Weißen Düne, auch wenn er auf Konventionen pfiff und mit seiner direkten Art nicht selten bei den Feriengästen aneckte. Dafür gab es niemanden, der hilfsbereiter war als dieser Mittfünfziger, den mit Knud eine lange Freundschaft verband. Wie immer, wenn es ein Problem zu lösen gab, raufte sich Torge seine blonden vollen Locken, die lediglich an den Schläfen einige graue Spuren zeigten. Insgesamt war er optisch nicht übermäßig attraktiv: Mit 1,75m ein wenig zu klein; dazu leicht untersetzt, was nicht nur auf den Zucker in dem Kaffee zurückzuführen war, den er allzu gerne trank. Doch diese Defizite machte Torge mit seinem Charme wett, den er versprühte, wenn die Sympathiewerte stimmten.

„Nein, sie ist bereits gegangen und ich bin auch auf dem Sprung. Was hast Du denn auf dem Herzen?", fragte Greta den leicht gehetzt wirkenden Hausmeister.

„Ach, heute feiert Hinnerk Liesenfeld seinen fünfzigsten Geburtstag im Feuerwehrhaus in Husum. Das wird bestimmt ´ne große Sause." Ein begeistertes Strahlen zeigte sich auf Torges Gesicht. „Knud, Hannes Paulsen und ich haben versprochen, bei den Vorbereitungen zu helfen."

„Ja, davon habe ich gehört", antwortete Greta lächelnd. „Knud hat sich viele Gedanken gemacht und sogar eine kleine Rede vorbereitet."

„Ja, da ist noch echt viel zu tun. Hier dagegen ist es heute ruhig. Ich wollte die Lessing fragen, ob ich schon jetzt, also zwei Stunden früher Feierabend machen kann", weihte Torge die Sekretärin in seine Pläne ein. Solange Greta denken konnte, waren die beiden schon in der Weißen Düne tätig, womit sie zu dem loyalen Kern der Mitarbeiter des Feriendorfes gehörten, das aufgrund der großen Beliebtheit stets gut gebucht war.

„Was sollte dagegensprechen? Wir haben doch alle ein volles Überstundenkonto angesammelt. War eine anstrengende Saison! Ich denke, das geht in Ordnung. Ist Hansen noch da, falls es einen Notfall gibt?“, fragte Greta zur Sicherheit.

„Jo, und er bleibt auch mindestens bis fünfzehn Uhr.“ Mit einem Nicken verlieh Torge seiner Aussage Nachdruck.

„Dann mach dich vom Acker. Grüß Knud von mir. Ich wünsche euch viel Spaß heute Abend.“

„Bist du nicht dabei?“, fragte Torge überrascht.

„Nein, an solchen großen Feiern habe ich nicht mehr so viel Freude, seit mich Joost nicht mehr begleiten kann. Ich will heute endlich einmal wieder Helga Paulsen auf ihrem Hof in Neu-Augustenkoog besuchen. Sie hat Neuigkeiten, darauf wollen wir in ihrer frisch renovierten Küche anstoßen.“ Greta lächelte bei dem Gedanken an ihre langjährige Freundin, die sie schon eine Weile nicht mehr gesehen hatte.

„Mutig! Das ist im Moment echt dunkel dort in dieser Einsamkeit. Ich weiß nicht, ob ich in solcher Abgeschiedenheit leben könnte.“ Wieder raufte sich Torge seine blonden Locken.

„Du bist schon zu tief in die Kriminalfälle unserer Halbinsel eingetaucht! Vielleicht tut es dir nicht so gut, wie du denkst, dich immer wieder in die Arbeit von Knud und Kommissarin Wiesinger einzumischen. Da bekommst du schon Angst vor den schönsten Gegenden Eiderstedts.“ Es machte Greta Spaß, den Kollegen ein wenig zu foppen, denn sie wusste genau, wie gerne Torge das Polizeiteam von St. Peter-Ording unterstützte, wenn es einen kniffligen Fall zu lösen gab, was in letzter Zeit häufiger vorgekommen war. Knud hatte ihr erzählt, dass der Hausmeister der gar kein schlechter Hilfssheriff war. So hatte er es zumindest ausgedrückt, worüber Greta sich köstlich amüsierte. Sie wusste, Torge liebte seine Arbeit in der Ferienanlage, aber Polizeiarbeit faszinierte ihn.

„Was heißt hier einmischen? Meine Mitarbeit war jedes Mal hilfreich. Frag Knud! Außerdem habe ich keine Angst", wehrte Torge entrüstet ab. „Aber ich dachte, du würdest es vielleicht ein wenig unheimlich finden, dort ganz alleine hinzufahren."

„Keine Sorge, ich nehme das Auto, auch wenn es nur eine kurze Strecke ist", beruhigte Greta ihren Kollegen. „Und nun hau ab, bevor es hier noch einen Fall zu lösen gibt. Ich wünsche euch ein rauschendes Fest."

„Danke dir, Greta. Moin und schönes Wochenende!" Sichtlich erfreut verschwand Torge aus dem Büro der Sekretärin.

Lächelnd guckte Greta ihm einen Moment hinterher. Torge war ein nordfriesisches Original, das gerne über die Stränge schlug. Wie Knud ihr anvertraut hatte, waren seine Aktionen manchmal wirklich grenzwertig. Auch was seine Arbeit in dem Feriendorf betraf, hatte es Konflikte mit der Führung gegeben. Als Marina Lessing die Stelle der Managerin übernahm, kam sie direkt von der Uni und zeigte sich eher durchsetzungsschwach. Insbesondere mit dem leicht überselbstbewussten Hausmeister war sie anfangs überhaupt nicht zurechtgekommen. Umso erfreuter nahm Greta zur Kenntnis, dass Torge sein eigenmächtiges Verhalten reduzierte. Vielleicht war er durch das Verschwinden seiner Enkelin im letzten Sommer ein wenig demütig geworden. Marina Lessing hatte ihm weitreichende Unterstützung zukommen lassen, was ihr offensichtlich im Gegenzuge Wohlwollen einbrachte. Greta empfand die Managerin immer noch als sehr unsicher, obwohl sie die Weiße Düne nun bereits annähernd zwei Jahre leitete.

Die Gedanken an das Personal der Ferienanlage beiseiteschiebend warf sie einen letzten Blick auf ihren aufgeräumten Schreibtisch, bevor sie zufrieden das Büro verließ. Nun noch schnell einkaufen, dann konnte sie sich einen entspannten Nachmittag gönnen, bevor sie am Abend zu Helga fuhr.

Greta kannte die Bäuerin bereits seit ihrer Schulzeit. Eine Zeit lang hatten sie beide von der weiten Welt geträumt, wollten in eine Großstadt ziehen, um an dem echten Leben teilzunehmen. Doch weit waren sie nicht gekommen. Sogar Hamburg stellte sich für beide als zu laut und hektisch heraus, sodass sie schließlich doch auf Eiderstedt geblieben waren. Torge hatte schon recht: Viel einsamer als in Neu-Augustenkoog konnte man auf der Halbinsel kaum leben. Die nächsten Nachbarn zum Paulsen-Hof waren circa einen Kilometer entfernt. In Richtung Deich im Norden gab es nur Felder und Wiesen. Während Wilfried um Helga warb, hatte diese nur kurz Zweifel an dem Leben in so einer Abgeschiedenheit empfunden. Schließlich war sie ihr mit der Gründung einer großen Familie begegnet: Leevke, Hannes und Domenick waren im Abstand von jeweils zwei Jahren geboren worden. Sie wuchsen inmitten von Tieren auf. Nicht nur Kühe, Schafe, Schweine und Hühner, sondern auch Hunde sowie Katzen lebten mit ihnen und ließen die Einöde vergessen. Das Glück wurde perfekt, als mit acht Jahren Abstand die kleine Smilla auf die Welt kam. Helga hatte ihr anvertraut, dass sie im Grunde nicht mehr geplant gewesen war, sie es aber mit der Verhütung nicht so genau genommen hatten. Wie lange war das alles jetzt schon her! Manchmal hatte Greta ihre Freundin um die große quirlige Familie beneidet, denn Knud war ein Einzelkind geblieben, obwohl sie gerne noch eine Tochter gehabt hätte.

Mittlerweile war es auf dem Paulsen-Hof wieder stiller geworden. Nur Hannes lebte zusammen mit seinen Eltern dort. Mit großem Herzblut führte er die Landwirtschaft fort. Die Geschwister waren weggezogen, um ein anderes Leben zu führen. Leevke, die Älteste, war tatsächlich schon vierundvierzig. Wo war bloß die Zeit geblieben? Sie lebte mit ihrem Mann und drei Kindern auf der Hallig Hooge, wo es nach Gretas Empfinden wirklich trostlos war. Domenick, der zwei Jahre Jüngere war nach Hamburg gezogen. Wenn Greta es richtig in Erinnerung hatte, leitete er eine PR-Agentur. Mit dem einfachen Leben auf dem Land konnte er gar nichts anfangen. Er mochte Luxus, schnelle Autos sowie oberflächliche Frauen. Smilla war die Träumerin der Familie. Sie studierte seit ewigen Zeiten Kunst, wobei sie sich mit Jobs über Wasser hielt. Helga machte sich ständig Sorgen um ihr Nesthäkchen und steckte ihr immer wieder Geld zu, was Wilfried genauso ärgerte, wie ihr mangelndes Interesse an dem Hof. Ihre Ausbildung als Pferdewirtin hatte sie abgebrochen. Na ja, irgendwelche Konflikte gab es wohl in jeder Familie!

Hannes dagegen war der ganze Stolz seines Vaters. Nach dem Studium der Agrarwirtschaft war er auf den Hof zurückgekehrt. Er leistete dort inzwischen die Hauptarbeit, während sich Helga und Wilfried mit Mitte sechzig langsam auf das Altenteil zurückzogen. Die drei schienen sich sehr gut zu verstehen. Einziger Wermutstropfen war, dass Hannes bislang keine Frau gefunden hatte, die mit ihm auf dem Hof leben wollte. Die jungen Frauen von heute schienen andere Vorstellungen zu haben, als in einsamer Lage sieben Tage die Woche hart zu arbeiten, selten zu verreisen und nicht nur Kinder, sondern auch zahlreiche Tiere großzuziehen. Das konnte Greta sogar verstehen. Für sie wäre das ebenfalls kein Leben gewesen. Ihr Haus in Osterhever lag abseits vom Touristentrubel, aber sie konnte im Notfall auf direkte Nachbarn zurückgreifen, mit denen sie nach der langen Zeit ein herzliches Verhältnis verband. Die Arbeit im Büro mit so vielen Menschen hatte ihr Erfüllung gegeben. Finanzielle Unabhängigkeit war ihr stets wichtig, auch wenn die Ehe mit Joost nicht nur stabil, sondern glücklich gewesen war. An dieser Stelle konzentrierte sie sich lieber auf ihren Einkauf, bevor die wehmütigen Gedanken übermächtig wurden. Spontan beschloss sie, den Nachmittag für das Backen von Friesenschnitten zu nutzen. Selbst eingekochtes Pflaumenmus wartete in ihrer kleinen Speisekammer auf den Verzehr. Sicherlich würden sich sowohl Helga als auch Knud über die süße Leckerei freuen.

Als Greta ihr Haus wieder verließ, hatte der angekündigte Regen noch nicht eingesetzt, obwohl der Wind bereits auffrischte. Knuds Empfehlung folgend ließ sie einige Lampen in den Fenstern leuchten, um mögliche Einbrecher abzuschrecken. Es ersparte ihr außerdem, in ein dunkles Haus zurückkehren zu müssen. Schon etliche Male hatte sie überlegt, ob sie sich zwei Katzen zulegen sollte. Das würde ihr in den langen Abenden des Winters ein wenig Leben und Gesellschaft bescheren.

Sorgfältig schloss sie die Tür ab, bevor sie den Kuchen balancierend zu ihrem kleinen Wagen ging. Ihr Kleinod vermittelte einen heimeligen Eindruck.

Zufrieden machte sie sich auf den kurzen Weg. Helga hatte ihr verraten, dass ihre Küche dem Winter zum Trotz in einem sonnigen Gelb gestrichen worden war. Passend dazu hatte Greta Tischsets in knalligem Orange gehäkelt. Sie war gespannt, wie sie der Freundin gefallen würden.

Schon bog sie in die Straße Kömdiek ein. Der Paulsen-Hof lag ungefähr auf halber Strecke, umgeben von hohen Bäumen. Eine lange Auffahrt führte von dem schmalen Zubringer über einen leicht holprigen Weg bis zu dem stattlichen Haus. Normalerweise war der Zufahrtsweg gut beleuchtet, doch heute wurde er von einer Dunkelheit eingehüllt, die Greta unwillkürlich erneut das Fernlicht ihres Autos einschalten ließ.

Auch der Hof empfing sie in einer ungewohnten Schwärze. Da stimmte doch etwas nicht! Hatte Helga ihr heutiges Treffen vergessen? Oder war sie selbst im Kalender verrutscht? Für einen Moment verunsichert hielt Greta an, um nachzudenken. Plötzlich wurde es heiß in dem Wagen. Sie ließ die Scheibe an der Beifahrerseite zur Hälfte herunter. Sofort drückte der Wind eine Brise frische Luft hinein, die ihren Denkapparat ankurbelte. Nein, im Datum hatte sie sich nicht geirrt! Da war sie sich ganz sicher. Knud wollte sie überreden, an der Feier von Hinnerk Liesenfeld teilzunehmen, doch sie begründete ihre Absage mit der Einladung von ihrer langjährigen Freundin.

Was hatte diese Stille auf dem Hof zu bedeuten? Wenn Hannes Paulsen ebenfalls auf der Geburtstagsparty war, mussten Helga und Wilfried zu Hause sein. So hielten sie es seit Jahren. Nie ließen sie ihre Tiere ganz allein. Auch das war seltsam: Normalerweise kamen Asterix und Obelix – die beiden Wachhunde der Landwirte – bei jeder Bewegung auf der Auffahrt bellend zur Begrüßung angerannt.

Greta schwitzte, obwohl der Wind weiter kalte Luft in das Auto beförderte. Ihre Überzeugung, etwas sei nicht in Ordnung, wuchs. Was sollte sie bloß tun? Knud war in Husum, außerdem wollte sie ihm nicht wegen eines vagen Verdachts die Stimmung verderben. Er arbeitete ohnehin zu viel. Das Gleiche galt für Torge. Oft war er der Retter in der Not, aber heute feierten beide Männer. Das wollte Greta ihnen auf keinen Fall vermiesen; insbesondere dann nicht, wenn vielleicht gar nichts passiert war.

Verunsichert starrte die Sekretärin durch ihre Windschutzscheibe in Richtung Bauernhaus. Dort regte sich nichts. Sollte sie anrufen oder einfach die letzten fünfzig Meter zu dem Hof fahren, um nachzuschauen? Die Vorstellung ließ einen Druck in der Magengegend entstehen, außerdem fing sie plötzlich an zu frieren. Greta spürte, wie sich die Härchen auf ihren Armen aufstellten. Zitternd griff sie nach ihrem Mobiltelefon. Das Display zeigte die Uhrzeit an: Es war kurz nach sieben. Sie war genau pünktlich eingetroffen, wurde aber offensichtlich nicht erwartet. Mit unsicheren Fingern suchte sie Helgas Nummer aus der Kontaktliste heraus. Nach dem fünfzehnten Klingeln gab sie auf. Ihre Gedanken rasten. Sollte sie allein nachsehen, was los war oder vorher Hilfe holen? Und wenn es doch eine harmlose Erklärung gab? Dann verdarb sie jemandem den Samstagabend und machte sich selbst zum Clown.

Unentschlossen wog sie die Alternativen ab. Seit das Fenster wieder geschlossen war, wurde ihr wärmer. Gedanklich fasste sie die Merkwürdigkeiten zusammen: Kein Licht auf der Auffahrt, der gesamte Hof in Schwärze gehüllt, ungewohnte Stille durch das Ausbleiben der Hunde - außerdem war Helga telefonisch nicht erreichbar.

Sie würde bei Charlotte Wiesinger anrufen! Greta war sich nicht sicher, ob sie die Nummer der Kommissarin gespeichert hatte. Ihre Nervosität stieg, als sie beim Durchsuchen ihres Handys nicht fündig wurde. Hatte sich da etwas gerührt? Nur aus dem Augenwinkel meinte sie, eine Bewegung wahrgenommen zu haben. Den Wagen von innen verriegelnd konzentrierte sie sich wieder auf ihr Telefon. Sie beschloss, einfach die Nummer des Polizeireviers in St. Peter-Ording anzurufen. Hoffentlich war der Anschluss auf das Smartphone von Kommissarin umgeleitet. Wenn es doch Knud traf, konnte sie es auch nicht ändern. Sie brauchte hier auf jeden Fall Verstärkung!

Nach viermaligem Ertönen des Freizeichens sprang die Mailbox an. Eine weibliche Stimme forderte sie auf, eine Nachricht zu hinterlassen. Greta war so perplex, nur einen Anrufbeantworter zu erreichen, dass sie ihren Einsatz verpasste und den Vorgang wiederholen musste.

„Kommissarin Wiesinger, hier spricht Greta Petersen. Ich befinde mich kurz vor dem Paulsen-Hof in Neu-Augustenkoog, um meine Freundin zu besuchen. Hier stimmt etwas nicht. Können Sie bitte schnell herkommen?“ Bevor sie auflegte, nannte sie dazu die genaue Adresse. Hoffentlich würde sich Knuds Kollegin gleich zurückmelden, sonst müsste sie ihrem Sohn wohl doch die Party verderben.

Nachdem sie Hilfe gerufen hatte, konzentrierte sie sich wieder auf die Umgebung. Die Sorge um ihre Freunde war schließlich größer als die Angst um die eigene Sicherheit. Gefühlt wartete sie bereits eine Ewigkeit auf den Rückruf von Charlotte Wiesinger, dabei waren erst zwei Minuten vergangen, seit sie zuletzt zur Uhr geschaut hatte. Entschlossen startete sie den Motor ihres kleinen Wagens, um zumindest direkt auf den Hofplatz zu fahren. Vielleicht sah sie aus der Nähe mehr. Mit zusätzlich eingeschalteten Nebelscheinwerfern rollte sie langsam auf das Bauernhaus zu. Nicht ein einziges Licht war dort zu entdecken. Gab es vielleicht einen Stromausfall? War die Erklärung so einfach? Fast schon schämte sie sich für ihren überstürzt scheinenden Anruf bei der Polizei.

Der benachbarte Hof war so weit entfernt, dass sie nicht erkennen konnte, ob dort alles in Ordnung war. Von neuem Mut erfüllt, kramte sie in dem Handschuhfach nach der Taschenlampe, die Knud ihr verpasst hatte. Dank der LED-Leuchten funktionierte sie sogar. Greta erinnerte sich gut an die Zeit der herkömmlichen Modelle, deren Batterien grundsätzlich leer gewesen waren, wenn man sie nach Monaten endlich einmal benutzen wollte. Den banalen Gedanken beiseiteschiebend kletterte sie aus dem Wagen, um die von den Autoscheinwerfern angestrahlte Fassade des Bauernhauses in Augenschein zu nehmen. Mit Ausnahme der Dunkelheit wirkte alles normal. Trotzdem fühlte sie sich bei ihren ersten Schritten nicht sicher auf den Beinen. Ihre Knie wurden noch weicher, als ihr wieder die fehlende Begrüßung der Hunde einfiel. Trotzdem setzte sie tapfer einen Fuß vor den anderen. Wenn Helga ihre Hilfe brauchte, konnte sie nicht einfach tatenlos im Wagen sitzen und auf Unterstützung warten.

Entschlossen straffte sie ihren Rücken. Was hatte sie Torge heute Mittag vorgeworfen? Nun fing sie schon selbst an, hier ein Verbrechen zu vermuten. Das war ja alles Quatsch! Sie würde jetzt in das Haus gehen, um nachzuschauen, was da los war. Trotz der mutigen Gedanken wurde ihr mit jedem weiteren Schritt mulmiger zumute. Der Wind zerrte an ihrem Anorak, das Frösteln war nicht nur der Situation, sondern auch dem Wetter geschuldet. Den Eingang erreichend griff sie forsch nach dem Öffner. Sofort klappte der obere Teil der hier so typischen Klönschnacktür auf.

Wie erwartet traf sie auf Dunkelheit und Stille.

Wieder wurden die Zweifel stärker. Sollte sie ihren Anruf bei der Kommissarin wiederholen, bevor sie das Haus betrat? Aber sie hatte ja eine Nachricht hinterlassen. Knud betonte oft genug, wie sehr er die Zuverlässigkeit sowie das Engagement seiner Kollegin schätzte. Sie würde sich bestimmt gleich melden. Es war besser, wenn Greta ihr dann schon sagen konnte, ob es sich wirklich um einen Notfall oder nur um falschen Alarm handelte.

Greta nahm ihren Mut zusammen, hakte den unteren Teil der Tür aus und betrat im Schein der Taschenlampe das Haus. Da sie damit bestens vertraut war, kam sie mit der mageren Lichtausbeute aus. Gleich rechts befand sich der Sicherungskasten. Helga hatte sich oft über das hässliche Ding ausgelassen, aber Wilfried sah nicht ein, für die Verlegung viel Geld auszugeben. Tatsächlich war die Hauptsicherung herausgesprungen! Doch wo waren die Bauersleute?

Beherzt legte Greta den Schalter wieder um. Sofort wurde es hell. Nur die gespenstische Stille ließ sich dadurch nicht vertreiben. Mit klopfendem Herzen wartete sie einen Moment, ob der Strom blieb, dann ging sie den langen Flur Richtung Küche. Durch das Licht fühlte sie sich sicherer, trotzdem nagte die Angst an ihr, etwas Schlimmes könnte passiert sein. Nur flüchtig registrierte sie in diesem Augenblick die originalen alten Schränke, die sie schon immer bewundert hatte. Die eingeschaltete Taschenlampe in der Hand erreichte sie schließlich die Tür zu Helgas heiligem Reich. Wie viele Stunden hatte die Freundin hier in den letzten Jahrzehnten mit Kochen und Backen für die große Familie verbracht! Greta merkte selbst, wie sie sich mit Gedanken an häusliche Normalität ablenken wollte, falls sie in diesem Raum etwas Schreckliches erwartete.

Im gleichen Augenblick, in dem sie die Tür zur Küche aufstieß, klingelte ihr Mobiltelefon, doch sie war unfähig, sich zu rühren. Mitten im Raum lag ihre Freundin auf dem

Rücken. Auch aus der Entfernung konnte Greta erkennen, dass hier jede Hilfe zu spät kommen würde. Der Blutverlust war einfach zu groß.

***

Die Kuschelkrimis von Stefanie Schreiber

Torge Trulsen

Charlotte Wiesinger

Sankt-Peter-Ording-Kriminalromane

Die Fälle für Torge Trulsen und Charlotte Wiesinger:

1. Mord im Watt vor St. Peter-Ording
2. Todesfalle Hochzeit in St. Peter-Ording
3. Das 13. Kind aus St. Peter-Ording
4. Doppelmord hinterm Deich bei St. Peter-Ording
5. Tatort Weiße Düne in St. Peter-Ording
6. Nachts im Pfahlbau in St. Peter-Ording
7. Im Schatten der Rache bei St. Peter-Ording
8. Trügerische Stille in St. Peter-Ording
9. Göttliche Gier in St. Peter-Ording
10. Fatale Begegnung in St. Peter-Ording
11. Dunkle Geheimnisse in St. Peter-Ording
12. Unheilvolles Polarlicht in St. Peter-Ording
13. Mörderische Wahrheit in St. Peter-Ording

Fortsetzung folgt!

Nordfriesen-Küstenkrimis

Die Fälle für Emily Anderson:

1. Nordfriesenmord
2. Nordfriesenfrost
3. Nordfriesenfeuer
4. Nordfriesenbluff

Fortsetzung folgt!

Wirtschaftsratgeber
zum Vermögensaufbau mit Ferienimmobilien:

Mit Ferienimmobilien Vermögen aufbauen und Steuern sparen! In elf Schritten zur erfolgreichen Vermietung

Das Arbeitsbuch! Mit Ferienimmobilien Vermögen aufbauen und Steuern sparen | Ihr persönlicher Begleiter auf den elf Schritten zur erfolgreichen Vermietung

Erfolgreiche Vermarktung Ihrer Ferienimmobilie!
Der optimale Marketing-Mix inklusive Social Media für Ihren Vermietungserfolg

Ihr Ferienimmobilien-Marketingplaner!
Eine strukturierte Arbeitsvorlage für Ihren optimalen Marketing-Mix inklusive Social Media

Reihe Ferienimmobilie aktuell:

1. Richtige Kaufentscheidung und erfolgreicher Start mit Ihrer ersten Ferienimmobilie!
2. Wirtschaftlichkeitsberechnung und Finanzierung Ihrer erfolgreichen Ferienimmobilie!

Anekdoten zum Thema Vermietung:
20 Jahre Reetkate Tating - Aus dem Ferienhaus geplaudert - Erstaunliche Geschichten und emotionale Momente aus dem Alltag der Vermietung